Chris Kraus

Die Blumen von gestern

EIN FILMBUCH

Diogenes

Covermotiv: Foto des Filmplakats
Copyright © 2016 Jim Rakete,
Propaganda B/DOR FILM WEST,
Four Minutes Filmproduktion,
DOR Film

www.diogenes.ch
20/17/852/1
ISBN 978 3 257 30049 9

Inhalt

Die Blumen von gestern

Drehbuch

Bei der vorliegenden Version des Drehbuchs zu *Die Blumen von gestern* handelt es sich um die Originalfassung des Shooting Scripts vom 12. April 2015. Daraus erklären sich zum Teil auffällige Abweichungen zum fertigen Film. Die später im Schnitt herausgekürzten Szenen sind in der vorliegenden Ausgabe enthalten.

1. New York, Kaufhaus Bloomingdale's 2016. Innen. Tag.

Schwarz.
Einblendung des *Jingle-Bells*-Weihnachtssongs, gemischt mit Kaufhaus-Gemurmel, amerikanischen Durchsagen, Kassengeklingel.

Einblendung Schrifttafel:
2016

Aufblende.
Das Kaufhaus Bloomingdale's in New York City. Vorweihnachtszeit. Die Menschen schieben sich wie Lemminge an den imposanten Dekorationen vorbei.
Ein ältlicher, bärtiger Mann (Totila Blumen, genannt Toto, 45) läuft durch all den Glanz, ohne ihm Beachtung zu schenken. Er scheint irgendetwas zu suchen, äugt fahrig umher. Die Welt um ihn herum vernehmen wir nur gedämpft, hören seinen lauter werdenden Atem.

TOTILA (Voice-over): Mein ganzes Leben habe ich damit zugebracht, nach dem Leben zu suchen. Und jetzt, wo ich es gefunden habe, scheint es nicht genug zu sein.

Totila schiebt sich durch die Menge, fasst jemanden an der Schulter, lässt ihn wieder los, trabt weiter.

TOTILA (Voice-over): Doch was macht das schon? Sehnsucht, Begehren, Gier: Solange es so was gibt, so lange schlägt der Puls. Man lebt. Und wer was will, der will über sich selbst hinaus, hinein in die Welt, wie beschissen sie auch sein mag.

Totila rennt. Wir sind nah an seinem Gesicht. Immer mehr Unruhe in seinen Augen.

Harter Schnitt …

2. Zentrale Stelle Ludwigsburg, Bibliothek. Innen. Tag.

… zu einem Fernsehbildschirm, um den wir langsam herumfahren.

Einblendung Schrifttafel:
Fünf Jahre zuvor

Wir sehen auf dem Bildschirm die alte Tara Rubinstein (91), die mitten im Gespräch mit dem betagten Interviewer Professor Manfred Norkus (81) ist, den man im Laufe des Interviews erkennt. Tara wirkt ungehalten.

TARA (im TV): Es war Nacht. Und laut. Hundegebell. Geschrei. Gestank. Das ist der Eindruck. Menschen mit schwarzen Umhängen. Die Aufseherinnen haben solche Capes getragen. Dass man dort an keinem guten Platz angekommen ist, das hat man schnell verstanden.

NORKUS (im TV): Wurde geschossen?

TARA (im TV): Nein, das brauchte man gar nicht. Es gab ja Gaskammern. Die Menschen sind auch so krepiert. Worüber reden wir eigentlich?

NORKUS (im TV): Wir wollten über deine Eltern reden. Haben die gewusst, wie furchtbar es im Lager werden würde?

TARA (im TV): Ich könnte mir vorstellen, dass sie beim Transport genug gehört haben. Wir haben erst später erfahren, dass sie in ein Lager in der Nähe von Lublin gebracht wurden. Da haben sie es dann natürlich gewusst.

NORKUS (im TV): Hast du noch mal von ihnen gehört?

TARA (im TV): Nein. Ich denke, eines Tages wurde dann eine Gruppe von Leuten vor ein Grab gestellt. Die mussten sich nackt ausziehen, dann hat man ihnen ins Genick geschossen, und sie sind in den Graben gefallen. So ist es wahrscheinlich meinen Eltern passiert. Und deinen wohl auch.

NORKUS (im TV): Ja, meinen auch.

TARA (im TV): Weißt du, ich habe keine Lust mehr auf dieses Gespräch …

NORKUS (im TV): Was ist denn?

TARA (im TV): Was soll das bringen? Ich rede nicht gerne über diese Zeit. Das weißt du.

Zwei alte, gichtige Hände, die eine dampfende Miriam-Makeba-Tasse umfassen, schieben sich nun vor den Bildschirm. Die Hände gehören Professor Norkus, einem weißhaarigen Greis in abgewetztem Jackett und buntem afrikanischen Hemd, auf dessen Schoß der Mops Gandhi sitzt. Norkus verfolgt das Interview auf dem Bildschirm, das er selbst geführt hat.

NORKUS (im TV): Du wolltest über deine Eltern sprechen. Du wolltest über das Lager sprechen.

TARA (im TV): Ich hoffe, dir ist klar, dass ich das nur für dich tue. Diesen Wahnsinn mache ich nur für dich.

Die Tür gegenüber dem Fernseher wird aufgestoßen …

3. Zentrale Stelle Ludwigsburg. Innen. Tag.

Wir sehen jetzt, dass wir uns in einem riesigen Archivraum befinden: den ehemaligen Gefängniswerkstätten der Haftanstalt, in der die Zentrale Stelle zur Untersuchung von NS-Verbrechen untergebracht ist. Die Übergänge zu den einzelnen Archivabteilungen sind fließend.

Im Lese- und Arbeitsbereich des Archivs sitzt Professor Norkus neben Balthasar, genannt Balti (43), einem gepflegten, fast lässig gekleideten Wissenschaftler, der auch in einer Bank arbeiten könnte oder, um genauer zu sein, einer Ökobank. Beide Männer drehen sich vom Fernseher weg, in den sie geblickt haben, und schauen zu Toto, der durch die Regalreihen der Bibliothek auf sie zukommt. Er ist fünf Jahre jünger als in der Szene zuvor, auch der Bart ist jünger, er trägt unscheinbare, ausgestorbene Egghead-Kleidung (Cordhose etc.). Er scheint außer sich vor Wut zu sein. In der Hand hat er eine kleine Müslipackung.

TOTILA: Mir reicht es! Mir reicht es total!

Balti dreht mit Fernbedienung den Ton vom Fernseher aus (nicht jedoch das Bild).

BALTHASAR (seufzend): Was'n schon wieder?

TOTILA (schüttelt vorwurfsvoll die Müslipackung): Müsli?

BALTHASAR: Bio-Müsli!

TOTILA: Die danken für die schöne Veranstaltung, die sie hier nächsten Monat machen dürfen?

BALTHASAR (blickt ostentativ in den Bibliotheks-saal): Wir haben eine sehr beeindruckende Bibliothek. Warum sollen wir die nicht vermieten?

TOTILA: An die Industrie?

BALTHASAR: Naturkost ist noch keine Industrie, okay? Die haben hier zwei kleine Firmenevents und zahlen ein bisschen.

Professor Norkus erhebt sich und tapert zu einer Teekanne, die er zu seinem Platz herüberholen und sich dann Tee einschenken wird, ohne übertriebene Zeichen der Aufregung zu zeigen.

TOTILA: Firmenevents? In diesen Räumen? Vor Fotos wie diesen?

Er zeigt auf ein großes Plakat des Konzentrationslagers Auschwitz, das an der Wand hängt.

BALTHASAR: Es sind dann Firmenevents gegen den Faschismus sozusagen.

TOTILA: Warum drehen wir nicht gleich Pornos gegen den Faschismus sozusagen?

BALTHASAR: Wir reden hier von Bio-Müsli!

TOTILA: Ja, und ich rede von Bio-Pornos. Am besten mit diesen hübschen, mit Trockenpflaumen vollgestopften Praktikantinnen da vorne, die ihr mir aufs Auge drückt!

Er deutet auf den Archivtrakt, der durch lange Bücherregale vom Lesebereich getrennt ist. Man sieht zwei Studentinnen an den Arbeitstischen. Sie tun so, als würden sie die Auseinandersetzung nicht mitbekommen.

BALTHASAR (wird sauer): Die Wände hier wurden fünfzig Jahre nicht mehr gestrichen. Der Putz geht runter! Die Computer stammen noch aus dem Paläolithikum! Nenn mir einen Grund, der dagegenspricht, das Institut finanziell besser auszustatten!

TOTILA: Pietät.

BALTHASAR: Pietät, ja?

TOTILA: Genau. Ehrfurcht vor den Toten.

Professor Norkus ist inzwischen mit der Teekanne an seinem Tisch angekommen, setzt sich, blickt auf und räuspert sich:

NORKUS (schenkt sich Tee ein): Hier geht es um Wissenschaft, nicht um Friedhöfe, Toto.

BALTHASAR: Ja, und selbst Friedhöfe müssen von irgendjemand bezahlt werden.

TOTILA (höhnisch): Natürlich, und Prinzipien stören da nur!

BALTHASAR: Du knallst hier rein und beschimpfst mich, während das wirklich erschütternd ist, was wir uns hier ansehen!

Er deutet auf den Bildschirm mit dem eingefrorenen Standbild von Frau Rubinstein.

TOTILA: Erschütternd? Jemand, der sich Firmenevents ausdenkt, dem ist doch scheißegal, was in Auschwitz passiert ist!

BALTHASAR: Jetzt spinnst du, Toto, aber wirklich!

TOTILA (laut zu Balti): Dir ist scheißegal, was in Auschwitz passiert ist! Die Frau da (er zeigt auf den Fernsehschirm) interessiert dich einen Dreck! Erschütternd? Dich erschüttert doch gar nichts!

Balti lächelt etwas blöde angesichts der ungeheuerlichen Beleidigung. Er sucht nach Worten.

BALTHASAR: Also ... also psychisch solltest du dich mal ... Professionelle Hilfe ist nichts Schlechtes. Das sage ich dir als Freund.

TOTILA: Du findest, ich gehöre in die Klapse?

Professor Norkus schaltet sich ein.

NORKUS: Aber Totila, das hat doch niemand gesagt.

TOTILA (zu Norkus): Ich habe zwei Jahre diesen Kongress vorbereitet, und jetzt soll das dieser völlig indifferente, fachlich überforderte Körnerfresser machen? Manfred, was tust du mir an?

Norkus erhebt sich, seufzt und geht mit seinem Mops Gandhi auf den weit entfernten Konferenztisch zu, um dem Streit zu entkommen.

NORKUS (im Gehen): Jemand, der sich nicht im Griff hat, kann den Auschwitzkongress nicht leiten

TOTILA: Ich soll mich nicht im Griff haben?

Balthasar Thomas beschwichtigt.

BALTHASAR: Ich werde deine brillante Vorarbeit natürlich berücksichtigen und –

TOTILA (unterbricht ihn): Sag noch einmal Vorarbeit!

BALTHASAR: Aber das meine ich doch ganz positiv.

TOTILA: Ich mache für dich keine Vorarbeit! Ich mache die Arbeit!

BALTHASAR (lächelt): Wenn du meinst.

TOTILA: Ich bin die Arbeit! Du bist die Vorarbeit!

BALTHASAR: Okay, wenn du meinst!

TOTILA: Was gibt's da dumm zu grinsen?

BALTHASAR: Na komm. »Ich bin die Arbeit, du bist die Vorarbeit«? Das klingt wie: »Ich bin die Haut, du bist die Vorhaut.«

TOTILA: Ja, du bist ja auch die Vorhaut! Und ich bin der Pimmel!

BALTHASAR: Bist du ganz sicher, dass du in diesem Institut der Pimmel sein willst?

TOTILA: Wie redest du denn mit mir?

BALTHASAR: Aber ich bleibe doch nur in deiner Begrifflichkeit!

TOTILA: Wie du mit mir redest?

BALTHASAR: Aber lieber Toto: Wenn du hier der Pimmel sein willst, dann darfst du sehr gerne der Pimmel sein!

Toto stürmt auf Balti zu, schlägt ihm ins Gesicht. Beide fallen aus dem Bild.

Entsetzt sieht Professor Norkus vom Konferenztisch aus zu seinen prügelnden Mitarbeitern. Im Hintergrund erkennt man die Assistenten und Studentinnen, die dem Lärm entgegenrennen.

Dann sinkt Norkus ohne jede Vorwarnung in sich zusammen, gleitet zu Boden, von einem plötzlichen Herzinfarkt gemartert, die Miriam-Makeba-Tasse nicht loslassend.

Der Mops trottet winselnd zu ihm und stupst ihn mit der Nase an. Die Prügelei geht im Off weiter, während Norkus stirbt.

Im Off beginnt ein Song von Miriam Makeba.

Schnitt in …

4a. Titelsequenz Interview Balti. Büro Norkus. Innen. Tag.

Interview von Balthasar Thomas, der mit einer Halsmanschette und einem Nasenverband in seinem Büro sitzt (dem ehemaligen Büro von Norkus):

BALTHASAR: Das hier ist sein Büro. Wir werden hier an der Wand (zeigt es) ein wunderbares Bild zu seinen Ehren aufhängen. Als Mahnung und Gedenken.

Zeitsprung:

BALTHASAR: Wie wir den Kongress ohne Herrn Norkus bewerkstelligen werden … ich weiß es nicht. Ich weiß nur: Es ist eine ungeheure Aufgabe (er zählt auf):

200 Teilnehmer. Hohe Sicherheitsvorkehrungen. Internationale Aufmerksamkeit (er seufzt bekümmert). Was wir vor allem brauchen, ist Geld. Drittmittel. Die Tagung ist noch nicht vollständig finanziert. Und wir freuen uns über Freiwillige. Viele junge Menschen, Nachwuchshistoriker aus aller Welt, haben sich für ein Praktikum beworben.

4 b. Titelsequenz Interview Toto. Bibliothek. Innen. Tag.

Interview von Toto. Toto steht vor einem alten Karteitisch, hebt die Deckel hoch, die die Karteikarten verdecken.

TOTILA: Hier haben wir den Karteientisch der Staatsanwaltschaft Frankfurt am Main. Mit zwei Karteien. Die Häftlingskartei, also die Überlebenden von Auschwitz, in hellem Sonnengelb ....

Er zeigt auf die gelben Karteikarten auf der linken Seite des Tisches.

TOTILA: ... und in der ich will mal sagen täterfarbenen Kartei sind die SS-Angehörigen des Konzentrationslagers Auschwitz aufgeführt (zeigt die roten Karteikarten). Es ist aufgeführt ihr Dienstrang, ihre Diensttätigkeit, ihr Dienstort. Und all das, was ihnen vorgeworfen wurde. Und dennoch ist ihnen allen nichts geschehen.

Bilder zahlreicher NS-Täter, viele Fotos von Uniformierten.

Schnitt in ...

4 c. Landesschaureportage (Assoziationsmontage Titelsequenz)

... eine Assoziationsmontage, die von Teilen einer Reportage geprägt ist, untermalt von verschiedenen Stimmen, geführt von einer Reportage-Stimme, gefüttert von Materialien, die aus verschiedenen Archiven stammen.

Norkus 1988 in dem ehemaligen Frauengefängnis unterbrachte und das die zahlreichen Akten der Justizbehörde wissenschaftlich auswertet.

Schnitt in …

4 c. 4. Landesschaureportage. Bibliothek. Innen. Tag.

Interview von Totila Blumen. Er sitzt vor Aktenschränken.

TOTILA: Er fehlt uns natürlich sehr. Als Kind emigrierte er mit seiner Familie nach Südafrika. Lebensfreude, ja vielleicht brachte er von dort auch Lebensfreude mit, so komisch es klingt bei diesem Beruf, den wir haben.

Schnitt in …

4 c. 5. Landesschaureportage. Dokmaterial.

Jugendbilder von Norkus, die ihn mit der Kippa in Kapstadt zeigen, als Jugendlichen.

Schnitt in …

4 c. 6. Landesschaureportage. Garten. Außen. Tag.

Interview von Norkus, das er kurz vor seinem Tod gibt. Wieder trägt er eines seiner afrikanischen Hemden:

NORKUS: Ich bin auch Holocaustforscher geworden, weil mir zum Widerstandskämpfer der Mut fehlte. Mandela habe ich ja vom sicheren Stuttgart aus unterstützt. Dieses Talent der … ich will mal sagen sensitiven Furchtsamkeit … hat mich vielleicht erkennen lassen, was für ein Potential in der Reflexion überhaupt steckt.

Ende des der Reportage/Assoziationsmontage unterlegten Makeba-Songs.

Schnitt …

4 d. Blauer Himmel (Titelvorspann). Außen. Tag.

… in einen blauen Himmel, der so makellos blau scheint, dass er zunächst wie eine blaugestrichene Wand wirkt.

Einblendung des leinwandfüllenden Haupttitels:
DIE BLUMEN VON GESTERN

Von links kreuzt in großer Höhe ein Flugzeug den blauen Himmel und pulverisiert den Titel in kleine weiße Wölkchen.

Schnitt …

5. Flughafen Stuttgart, Ankunftshalle. Innen. Tag.

... in die Ankunftshalle des Flughafens Stuttgart.
Durch die Gänge eilende Passagiere.
Herunterratternde Buchstaben an der großen Anzeigetafel.
Inmitten des Trubels wartet Toto. Er trägt einen nicht sehr vorteilhaften Mantel. In einer Mopstasche trägt er den Mops Gandhi unter dem Arm, der sich interessiert die Welt betrachtet.
Neben ihnen steht Balthasar Thomas. Nervös blickt er auf die Anzeigetafel. Sein mit Blutergüssen übersätes Gesicht wird noch von einer Halsmanschette stabilisiert.
Toto steckt sich ein Kaugummi in den Mund und bietet Balti auch eins an.
Balti räuspert sich, schüttelt den Kopf und lispelt:

BALTHASAR: Findest du das lustig, mir ein Kaugummi anzubieten, du Arschloch?

Balti zeigt seine Zahnschiene, die ihm das Kaugummi unmöglich macht. Toto nickt betreten.

BALTHASAR (seufzend): Ich muss los. Den Termin kann ich nicht verschieben.

Er greift in seine Aktentasche und zieht einen DIN-A4-Karton heraus, auf den er mit schwarzem Edding etwas schreibt.

TOTILA: Du lässt mich hier nicht allein!

BALTHASAR: Das wird sowieso deine Praktikantin, Toto.

TOTILA: Ja, und ich würde niemals Praktikanten am Flughafen abholen. Praktikanten sollten mich am Flughafen abholen.

Balti blickt auf, unterbricht das Schreiben.

BALTHASAR: Kannst du nicht dankbar sein?

TOTILA: Dankbar?

BALTHASAR: Ich hätte dich rausschmeißen können. Das ist dir doch wohl klar. Aber du hast deine alte Stelle noch.

TOTILA (trocken): Ja. Und du hast eine neue Stelle.

BALTHASAR (mit Blick zu Gandhi): Glaub mir, es wär mir lieber, wenn Manfred seinen Mops noch selber tragen könnte. Das wäre uns sicher allen lieber.

Toto blickt ihn wütend an. Balti schreibt fertig, drückt Toto den Karton in die Hand. Darauf steht in Großbuchstaben: ZENTRALE STELLE.

Er dreht sich um und geht davon.

Toto und der Mops Gandhi blicken ihm nach.

Schnitt zu …

6. Flughafen Stuttgart, Ausstiegstunnel.

… einem Ausstiegstunnel.

Zazie Lindeau (29) eilt durch den langen Gang: ein quietschgelbes Jackett, ein Herrenhut, ein Chiffonschal um den Hals, dazu eine Brille. In der Hand eine große blaue Ikea-Tasche. Einen alten Koffer zieht sie hinter sich her.

Sie bleibt stehen, riecht unter ihren Achseln, nimmt Tabletten aus ihrer Pillendose.

Schnitt zu …

7. Flughafen Stuttgart, Ankunftshalle. Innen. Tag.

Zazie kommt aus der Zollkontrolle in die Ankunftshalle, zieht einen großen Koffer hinter sich her, hat die blaue Ikea-Tasche über die Schulter gehängt.
Sie bleibt stehen und blickt sich um.
Dann sieht sie in einiger Entfernung Toto. Nur mühsam kann er seine Übellaunigkeit verbergen. Der Mops steht in der Mopstasche am Boden. In beiden Händen hält Toto den Karton ZENTRALE STELLE hoch, so wie einige Taxifahrer neben ihm Schilder mit HOTEL STUTTGARTER HOF oder MR. HUMBSWORTHLE hochhalten.
Voll freudiger Erwartung eilt Zazie auf Toto zu.

ZAZIE: Bonjour, c'est très gentil. Je suis Zazie.

Sie wirkt aufgekratzt. Sie reichen sich die Hände.

TOTILA: Hi, Zazie. My French is not so good.

ZAZIE (mit starkem französischen Akzent): Das macht nischts. Meine Deutsch ist süper. (Mit Blick auf Mops) Ist das das Hund von der arme Manfred?

TOTILA: Yes, Gandhi. (Stellt sich vor) I'm Totila Blumen.

ZAZIE: It's a great name!

TOTILA: Gandhi?

ZAZIE: Totila Blumen!

TOTILA: A great name?

ZAZIE (mit breitem Lächeln): *Die deutsche Ordnungspolizei und der Holocaust im Baltikum 1941?*

TOTILA: Yes.

Sie fällt ihm überschwenglich um den Hals.

ZAZIE: Ein süper Buch! Ist ein süper Buch!

TOTILA: Yes, thank you, äh … We have to go to the car now.

ZAZIE (faltet die Hände): Danke, da bin isch so froh, dass isch bei Totila Blumen das Praktikumsjahr machen darf … Wo ist denn Balti?

TOTILA: Balti?

ZAZIE: Balthasar Thomas? Wir kennen uns von Paris. Er wollte misch abholen?

TOTILA: Sie nennen ihn Balti?

8. Flughafen Stuttgart, Ladenstraße.

Toto eilt mit dem großen Koffer voraus. Ihm folgt Zazie. Toto bleibt stehen, um den Mops aus der Tasche zu nehmen und an die Leine zu schnallen.

ZAZIE: Ein Mops kam in die Küche.

TOTILA: Sorry?

ZAZIE (singt): Ein Mops kam in die Küche und stahl dem Koch ein Ei … German culture.

TOTILA: Yes, German culture.

Er hat keine Lust auf eine Unterhaltung und geht weiter.

ZAZIE: Wieso haben Sie Gandhi jetzt?

TOTILA: My wife. She is doctor for animals.

ZAZIE: Super Beruf.

TOTILA: Yes.

ZAZIE: Empathie?

TOTILA: Empathie?

ZAZIE: Was denkt das Tier? Was fühlt das Tier? Empathie eben?

TOTILA (ist genervt, wechselt in die deutsche Sprache): Schon. Aber sie kann auch kastrieren.

ZAZIE: Ah oui, très bien.

TOTILA: Und einschläfern und alles.

ZAZIE: Sie haben eine super Frau.

TOTILA: Yes.

Toto hat Gandhi an die Leine genommen und läuft weiter. Zazie läuft neben ihm.

ZAZIE (blickt zu dem Mops): Isch zum Beispiel hätte ihn bestimmt eingeschläfert!

TOTILA: Gandhi?

ZAZIE: Mhm.

TOTILA: The dog of Manfred?

ZAZIE: Mein Vater hat immer gesagt, man soll alle deutsche Hunde einschläfern, vor allem diese Hitlerhunde. Wie heißen die noch mal?

TOTILA: Schäferhunde?

ZAZIE: Genau. Alle einschläfern! Ist gut für das Land!

Zazie strahlt, als hätte sie etwas sehr Nettes gesagt. Er blickt sie irritiert an.

TOTILA: My daughter loves Gandhi.

ZAZIE (gut gelaunt): Nobody is perfect.

Sie laufen weiter.

9. Flughafen Stuttgart, Vorplatz, Parkplatz. Außen. Tag.

Toto und Zazie erreichen einen am Flughafenparkplatz abgestellten Mercedes-Transporter. Im Hintergrund sieht man landende und abfliegende Maschinen. Toto öffnet die Hin-

4 c. 1. Landesschaureportage. Friedhof. Außen. Tag.

Erstes Bild ist eine schwarze Sängerin, die am Grab das Miriam-Makeba-Lied intoniert, offenbar ein letzter Wunsch des Verstorbenen.

SPRECHER (Voice-over): *Die Lebensgeschichte von Manfred Norkus wurde stark geprägt durch die Zentrale Stelle – wichtigste deutsche Behörde zur Untersuchung der NS-Gewaltverbrechen –, die 1959 in einem historischen Gefängnisbau am Rand der schwäbischen Residenzstadt Ludwigsburg eingerichtet wurde.*

Schnitt auf ...

4 c. 2. Landesschaureportage. Dokmaterial.

Bilder der Zentralen Stelle. Historische Aufnahmen. Der Gefängnisbau wird in seinen Dimensionen deutlich gezeigt.

SPRECHER (Voice-over): *Dicke Mauern und zahlreiche Sicherheitsvorkehrungen schützen bis heute nicht nur die Staatsanwälte vor terroristischen Anschlägen ...*

4 c. 3. Landesschaureportage. Archiv. Innen. Tag.

Archiv der Zentralen Stelle. Menschen an Karteikästen.

SPRECHER (Voice-over): *Tätig sind hier auch die Mitarbeiter des Instituts für NS-Geschichte, das Manfred*

tertüren des Fahrzeugs und lädt den Koffer von Zazie hinein. Dann stopft er den Mops in eine Hundebox.

Zazie blickt ins Innere des Wagens.

ZAZIE: Was ist das für eine Auto?

TOTILA (erstaunt): Ein Transporter. Mercedes. Unser Dienstwagen.

ZAZIE: So dick?

Toto klopft mit den Handknöcheln an die Fensterscheibe.

TOTILA: Gepanzert. Wir hatten Bombenwarnungen vor zwei Jahren.

Sie donnert mit der Faust gegen die Fensterscheibe, mehrmals hintereinander, als wolle sie den Wagen schlagen. Toto ist irritiert.

TOTILA: Er frisst dreißig Liter. Ansonsten ist es ein ganz normales Auto.

Er wirft die Türen der Ladefläche zu.

ZAZIE: Müssen wir verkaufen.

Toto starrt sie entgeistert an.

TOTILA: Wir müssen unseren Dienstwagen verkaufen?

ZAZIE: Ja.

TOTILA: Aber er ist sehr bequem. Und da passt hinten viel rein.

Sie öffnet die Hintertüren des Wagens wieder.

ZAZIE: Isch nehme ein Taxi.

TOTILA: Wieso das denn?

ZAZIE: Find isch nischt schön.

Sie hebt ihren Koffer eigenhändig wieder heraus.

TOTILA: Sie finden ihn nicht schön? Sagen Sie mal, wie alt sind Sie denn?

ZAZIE: Das ist nischt nett.

Sie dreht sich um und geht davon, den Koffer hinter sich herziehend. Er blickt ihr nach wie einer Geisteskranken.

10. Taxistand. Außen. Tag.

Toto holt Zazie kurz vor einem Taxistand ein. Er ist außer Atem. Sie läuft weiter, mit hocherhobenem Kinn, wie eine Massai.

TOTILA: Was soll denn das?

ZAZIE: Sie fragen misch, wie alt isch bin, weil Sie damit sagen wollen, dass isch bin kindisch und dumm.

TOTILA: Aber so meinte ich das gar nicht, Suzie.

ZAZIE: Zazie! Zazie kann sehr freundlisch sein. Aber meine zweite Name ist »Terreur«.

TOTILA: Aha.

Sie hält abrupt an, wendet sich ihm zu.

ZAZIE: Etwas nischt zu tun, ist niemals läscherlisch. Etwas zu tun, was andere nischt erwarten, ist niemals läscherlisch. Isch scheiße auf alles. Haben Sie Manfred Norkus geliebt?

TOTILA: Ja.

ZAZIE: Gut, dann vergebe isch Ihnen, weil Sie dann traurisch sein müssen. Und wenn man traurisch ist, man macht Dummheiten.

TOTILA: Danke.

ZAZIE: Was die Frage nach mein Alter betrifft …

Sie macht eine Pause, blickt ihn unverwandt an.

ZAZIE: … isch bin genau in das Alter wie meine Oma, als sie vergast wurde.

Er starrt sie schockiert an.

ZAZIE: In eine Mercedes-Transporter. Hat auch dreißig Liter geschluckt. Hat auch hinten viel reingepasst.

Sie dreht sich um und stakst, den Koffer hinter sich herrollend, auf den Taxistand zu. Die drei Taxis, die warten, sind allesamt Mercedes-Limousinen. Sie erkennt das, ihr Blick flackert.
Etwas abseits sieht sie einen parkenden Pizzaservice-Fiat, dessen sehr sizilianisch aussehender Zampanofahrer (48) eine Currywurst verdrückt.
Sie geht auf den Pizzaservice-Fiat zu.

11. Haus Blumen, Garten. Außen. Tag.

Totos Adoptivtochter Sarah, eine Achtjährige, macht ein Feuer mit den pflanzlichen Abfällen aus Totos großem, vor einem Siebziger-Jahre-Bungalow gelegenen Garten. Es ist ein sogenannter Brenntag in Baden-Württemberg, an dem altes Laub und brüchige Zweige im Garten verbrannt werden dürfen.
Die Amama Lisbeth (75), die warm eingepackt am Feuer in einer Liege ruht, starrt debil lächelnd in die Flammen.

12. Haus Blumen, Küche. Außen. Tag.

HANNAH beobachtet ihre Tochter Sarah und ihre Schwiegermutter Lisbeth durch das Fenster der Küche. Sie ist eine

bodenständige, etwas hemdsärmelige Enddreißigerin ohne modische Ambitionen.
Sie hört ein Schaf blöken. Sie blickt sich um, seufzt, verlässt die Küche …

13. Haus Blumen, Wohnzimmer. Innen. Tag.

… und betritt ein großes, beige-braunes Wohnzimmer, in dem ein Schaf steht, vor einer weit offenen Verandatür.
Vor dem Schaf sitzt Toto auf einer Couch und liest ein Fachbuch. Neben Toto sitzt der Mops Gandhi und starrt das Schaf an.
Hannah seufzt, greift zur Garderobe und nimmt ihren Mantel vom Bügel. Mit dem Mantel unter dem Arm geht sie hinüber zu Toto.

HANNAH: Du sollst doch die Viecher nicht reinlassen!

Er blickt kurz von der Lektüre auf.

TOTILA: Hab ich gar nicht gemerkt, Murkel.

HANNAH: Du merkst nicht, wenn ein krankes Schaf mit dir in Kontakt treten will?

TOTILA: Ich muss mich konzentrieren.

HANNAH: Ausgerechnet jetzt, wo deine Mutter mal da ist, musst du dich konzentrieren?

TOTILA: Arbeiten. Ich muss arbeiten.

HANNAH: Depressiver Schub? Dann nimm bitte deine Polythemalin!

Sie wirft ihm ein Medikament zu, greift das Schaf an seiner Halsleine. Toto legt das Buch zur Seite und blickt Hannah an.

TOTILA: Balthasar hat mir eine Praktikantin aufs Auge gedrückt. Französische Jüdin. Dumm wie Bohnenstroh …

HANNAH: Du weißt, dass ich wegmuss.

TOTILA: Ihre Großmutter wurde vergast.

HANNAH: O Gott, das ist krank. Ich kann das nicht hören. (Dreht sich weg) Ich kann das einfach nicht hören.

Sie zerrt das Schaf durch die offene Tür in den kleinen Atriumgarten …

14. Haus Blumen, Hinterhofgarten. Außen. Tag.

… und zieht es über den Rasen, hinüber in den Praxistrakt. Sie passiert eine kleine Schranke (mit der Aufschrift PRAXISBEREICH). Toto folgt ihr.

TOTILA: Wieso kannst du das nicht hören? Wieso kannst du nicht hören, was ich heute durchgemacht habe?

HANNAH: Toto, bitte geh dich konzentrieren, ja?

TOTILA: Ich bin vierzig und soll Praktikanten betreuen!

Sie schiebt das Schaf in einen Tierarztstall, in dem man weitere Schafe, Katzen und Kaninchen sieht.

HANNAH: Vierzig ist jung für einen Historiker.

TOTILA: Ich verliere Haare.

HANNAH: Schatz!

Er reißt sich unvermittelt ein Büschel Haare aus, zeigt es Hannah …

TOTILA: Ich verliere viele Haare!

Sie drückt sich an ihm vorbei, geht Richtung Haus zurück, zieht gleichzeitig ihren Mantel an. Toto folgt ihr.

HANNAH (geduldig): Viele Männer in deinem Alter verlieren Haare.

Hannah eilt ins …

15. Haus Blumen, Wohnzimmer. Innen. Tag.

… Wohnzimmer, von Toto verfolgt, der sich erneut Haare ausreißt.

TOTILA: Verliert Balti Haare?

Sie beginnt, sich zum Ausgehen fertigzumachen.

HANNAH: Seit wann nennst du ihn Balti?

TOTILA: Nein, mal im Ernst: Verliert Balthasar Thomas Haare? Verliert er irgendwas?

HANNAH (seufzt): Er verliert Zähne, Toto. Das ist das Problem.

TOTILA: Es war nur ein einziger Zahn. Und ich hab mich entschuldigt.

HANNAH: Ich war dabei, als du dich entschuldigt hast. Du hast dich nicht entschuldigt.

TOTILA: Na klar hab ich mich entschuldigt.

HANNAH: Ich hab dich entschuldigt. Du wolltest nur wissen, wie sein Zahnarzt heißt.

Hannah dreht sich weg, beginnt, eine kleine Reisetasche zu packen, die auf dem Tisch steht, und wirft ein Buch hinein.

HANNAH: Ich will dieses ganze Dunkle nicht. Und ich will auch nicht, dass du immer auf Balthasar rumhackst. Er war mal dein Freund.

TOTILA (zu Hannah): Und warum drückt mir dann mein Freund irgendeine Zazie oder Suzie aufs Auge, oder wie diese Nutten alle heißen!

SARAH (altklug): Man benutzt keine Ausdrücke.

Toto fährt herum. Seine Tochter Sarah steht in der Verandatür. Sie hat alles gehört.

TOTILA: Nutte ist kein Ausdruck, Sarah, Nutte ist ein ganz normaler Beruf, so wie Historiker auch ein ganz normaler Beruf ist, und wenn ich mir die Situation von Historikern in diesem Land so anschaue, frage ich mich, ob du später nicht doch lieber Nutte werden solltest, Schatz!

Sarah blickt ihren Vater aus großen Augen an.

HANNAH (kühl): Papa wollte das nicht sagen.

TOTILA (erschrocken): Das wollte ich wirklich nicht, Scheiße.

HANNAH: Scheiße wollte er auch nicht sagen, und es tut ihm furchtbar leid.

TOTILA (zu Sarah): Entschuldige, mein Schatz. Entschuldige, ja?

SARAH: Was muss man denn studieren, um Nutte zu werden?

Hannah blitzt Toto wütend an.

TOTILA (zu Sarah): Vergiss einfach, was ich gesagt habe. Das war sehr dumm.

HANNAH (sauer): Musst du alle Menschen aufbringen gegen dich? Kannst du nicht einfach ganz ruhig und friedlich vor dich hin jammern wie andere Verlierer?

Toto wendet sich belehrend an seine Tochter:

TOTILA (zu Sarah): Das! Das ist ein Ausdruck, mein

Schatz! »Verlierer« ist ein Ausdruck. »Verlierer« darf man niemals sagen, und schon gar nicht zu jemandem, der seine Haare verliert!

Hannah ist ihre Fassungslosigkeit anzusehen.

HANNAH (zu Sarah): Geh wieder raus zur Amama, Schatz! Verbrennt irgendwas Schönes!

Sarah nickt und tritt nach draußen, rennt auf ihre Oma Lisbeth zu, die weiterhin am Feuer sitzt.

Hannah setzt sich zu Toto, der auf einen Stuhl gesunken ist. Sie öffnet ihren Mantel wieder, stellt die Reisetasche zur Seite.

HANNAH: Was ist los, Toto? Was ist dir über die Leber gelaufen?

Toto schweigt.

HANNAH: Was ist passiert?

16. Villa Manfred, Vorfahrt. Außen. Tag.

Eine alte, große, baufällige Villa, die inmitten eines verwilderten Grundstücks liegt. Auf der Fläche vor dem Eingang hält der Mercedes-Transporter.

Toto steigt aus, dreht sich um, geht zum Heck seines Wagens, öffnet die Hecktür. Er lässt Gandhi aus seiner Hundebox frei und in den Garten hüpfen.

Währenddessen rast der Pizzaservice-Fiat heran und stoppt vor dem Mercedes. Der kleine Wagen vibriert aufgrund der dröhnenden Hip-Hop-Beats, die aus der Anlage wummern. Zazie öffnet die Beifahrertür und steigt aus, zerrt ihren Koffer aus dem Wagen.

Der Zampanofahrer drückt Zazie noch eine Gratis-Weinflasche in die Hand, beide tauschen theatralische Küsse. Dann kommt Zazie auf Toto zu.

ZAZIE: Jetzt geht's mir wieder besser.

TOTILA (angewidert): Toll.

ZAZIE: Wegen Luigi. Luigi ist nämlisch gar kein Pizzafahrer. Er ist Drogenhändler. Isch bin rischtig gut drauf.

Sie winkt Luigi zu, der davonfährt. Toto seufzt, hebt den Koffer an und zeigt auf die Eingangstür, die verrammelt und baufällig zu sein scheint.

TOTILA: Gut. Hier ist zu. Wir müssen von hinten rein.

Er geht Richtung Hintereingang, während Zazie ihm folgt und ihn erbarmungslos zutextet, ohne sich umzusehen.

ZAZIE: Das mit der Pizza macht Luigi nur nebenbei für eine Onkel, der hat schon ein paar Ohren abgeschnitten. Da denkt man viel über Moral nach, oder? Denken Sie viel über Moral nach? …

Toto antwortet nicht.

17. Villa Manfred, Terrasse. Außen. Tag.

Toto kommt, begleitet von Gandhi, über die Terrasse zum Hintereingang des Wintergartens. Zazie folgt ihnen und redet ohne Punkt und Komma weiter:

ZAZIE: … Vielleischt bin isch eine ungereschte Bourgeoise? Weil isch hänge so viel von die Moral an die Arbeit. Aber ist unsere Arbeit wirklisch moralisch? Ist unser Beruf moralisch … spitze? Tja, das ist Problem, oder? …

Toto antwortet immer noch nicht, steckt den Schlüssel ins Schloss …

18. Villa Manfred, Wintergarten. Innen. Tag.

… und öffnet die Tür zum Wintergarten. Er hindert den Mops Gandhi am Hineingehen, tritt ein, zieht den Schlüssel ab. Hinter ihm kommt Zazie in den Wintergarten, immer weiterredend. Er schließt hinter ihr die Tür.

ZAZIE: … Man kann finden, selbst ein schleschter Holocaustforscher an einem schleschten Tag ist besser als ein guter Drogendealer an einem guten Tag. Aber bei Luigi bin isch mir nischt sischer …

Toto öffnet eines der Bogenfenster, um frische Luft hereinzulassen, während Zazie plappernd den Raum durchquert.

ZAZIE: … Isch glaube, dass Drogenhändler Tage haben, an denen alles super klappt und sie ihre Geschäfte spitze machen und armen Junkies ein paar Päckschen Heroin schenken oder Leute wie misch an kaputte Orte wie das hier fahren. Und abends kommen sie mit dem Gefühl nach Hause: Isch habe was Gutes geleistet. Bei mir ist das oft gar nischt so …

Sie stockt. Erst jetzt blickt Zazie ungläubig zu der halb heruntergebrochenen Decke hoch, die notdürftig von Stahlstützen gehalten wird. Bücher quellen aus einem langen Regal, das genauso ramponiert und verwohnt aussieht wie alles in der Villa.

Zazie bleibt stehen.

ZAZIE: Isch soll hier wohnen?

TOTILA: Na ja, erst mal übernachten.

Er schließt die Tür auf. Man sieht in ein dunkles, höhlenartiges Zimmer.

ZAZIE: Mon dieu. C'est pas vrai.

TOTILA: Hier haben alle unsere Praktikanten übernachtet.

ZAZIE: Isch soll in die Wohnung von meine tote Professor übernachten?

TOTILA (zeigt ins Zimmer): Das ist die Gästewohnung. (Deutet hinüber zu einer verbarrikadierten Schiebetür) Seine Privatwohnung ist gegenüber.

ZAZIE: Isch soll schlafen gegenüber von die Privatwohnung, in die sein Atem aufhörte?

Sie haucht etwas theatralisch aus.

TOTILA: Nein, er ist nicht hier gestorben.

ZAZIE: Wo denn?

Er zögert etwas.

TOTILA: Im … im Institut. Bei der Arbeit. So wie man halt sterben möchte, wenn man kein Drogendealer ist. So …

Er möchte das Thema vermeiden, dreht sich peinlich berührt von ihr ab und betritt …

19. Villa Manfred, Gästewohnung. Innen. Tag.

... die Gästewohnung, in der die Stühle hochgestellt sind. Er nimmt einen Stuhl von der Schlafcouch, lässt auf der Decke einen Schlüssel liegen, zeigt auf das Sofa:

TOTILA: ... Das kann man ausziehen! Bettwäsche ist da drüben.

Er geht weiter in den hinteren Teil der Gästewohnung, deutet auf einen Beistelltisch:

TOTILA: Wasserkocher. (Deutet auf das Waschbecken) Warm- und Kaltwasser. (Mit ausladender Geste) Also eigentlich ist hier alles tipptopp, von der Infrastruktur her.

Zazie trottet hinüber zu dem Schlafsofa, das direkt am Fenster steht, und lässt sich darauf nieder.

TOTILA (überspielt ihr sichtliches Missvergnügen): Na ja, ein bisschen staubig vielleicht. Aber einmal die Woche kommt Katalinka, die ist aus Polen. Das Land der guten Putzfrauen!

20. Haus Blumen, Wohnzimmer. Innen. Tag.

Hannah traut ihren Ohren nicht. Sie starrt Toto an.

HANNAH: Das Land der guten Putzfrauen?

TOTILA: Ich weiß.

HANNAH: Ich bin selbst halbe Polin.

TOTILA: Ich hasse mich, wenn ich so blödes Zeug sage! Ich wollte einfach nur weg.

21. Villa Manfred, Gästewohnung. Innen. Tag.

Zazie blickt traurig den Raum an. Toto interessiert das nicht. Er sieht auf seine Armbanduhr und setzt sich in Bewegung.

TOTILA (aufgesetzt munter): Na, dann geh ich mal.

ZAZIE: Waren Sie dabei?

Toto dreht sich an der Türschwelle um.

TOTILA: Wie dabei?

ZAZIE: Als er gestorben ist?

TOTILA: Was spielt das für eine Rolle?

ZAZIE: Wie war es?

Toto würde sehr gerne verschwinden, will aber nicht unhöflich sein. Er tritt einen Schritt ins Gästezimmer zurück.

TOTILA: Wie … wie es war? Also ganz furchtbar war es, also wie es halt ist, wenn jemand stirbt, den man sehr gerne mag.

ZAZIE: Sie sind keine so emotionale Mensch, oder?

TOTILA (reißt sich zusammen, bleibt nett): Manfred hat mich zwanzig Jahre lang unterstützt. Er ist der Taufpate meiner Tochter. Sein Tod geht mir so nahe wie Ihnen.

ZAZIE: Isch weiß. Isch bin so fertig.

Ihr treten Tränen in die Augen. Toto ist von der Situation überfordert.

TOTILA: Kann ich … kann ich noch irgendwas für Sie tun?

ZAZIE: Nischts, gar nischts, pardon.

Sie wirft sich mit viel Drama aufs Sofa. Er rollt mit den Augen, nimmt es nicht ernst.

TOTILA: Die Küche liegt im Nebentrakt. Das Klo und Dusche ist dahinter …

ZAZIE: Oui, merci.

Zazie schreit nun fast vor Kummer, ganz aufgelöst.
Er kann es nicht ignorieren, stapft ins Zimmer zurück.

TOTILA: Was … was haben Sie denn? Ich dachte, Sie sind jetzt gut drauf.

ZAZIE: Es tut mir leid, dass isch das gesagt habe vorhin mit meiner Omi.

Er setzt sich vor sie auf einen Schemel.

TOTILA: Das muss Ihnen nicht leidtun.

Tränen laufen ihr über die Wange.

ZAZIE: Doch. Isch wollte misch nur interessant machen mit ihrem Tod. Isch habe ihr schrecklisches Schicksal ausgenutzt, weil isch habe gemerkt, dass Sie misch nischt für voll nehmen. Sie haben so ein süper Buch geschrieben.

TOTILA: Ich nehme Sie für voll.

ZAZIE (weinend): Isch bin so oberfläschlisch.

Sie greift zu seiner Hand. Wie von der Tarantel gestochen springt Toto auf, dabei fällt sein Schlüssel herunter.

TOTILA: Ja, es ist, äh … ich … ich bringe Sie besser ins Hotel. Es ist Schwachsinn, hier zu bleiben in dieser Bruchbude.

Er nimmt ihre Koffer wieder in die Hand, um mit ihr zu gehen. Zazie macht keine Anstalten aufzustehen.

ZAZIE: Die Schlüssel hier … (sie zeigt auf die Schlüssel, die am Boden liegen) … passen die auch zu Manfreds Wohnung über die Flur?

TOTILA: Ich weiß nicht, es kann schon sein.

ZAZIE: Isch würde ihn noch einmal gerne spüren.

TOTILA: Ich bringe Sie zum Friedhof. Da können Sie ihn spüren.

ZAZIE: Er hätte es bestimmt gerne, wenn isch ihn in seiner Wohnung spüre.

TOTILA: In seiner Wohnung? Nein. Auf keinen Fall!

22. Villa Manfred, Wintergarten, Manfreds Tür. Innen. Tag.

Zazie steckt den Schlüssel ins Schlüsselloch von Manfreds Wohnung. Toto steht daneben. Ihm ist nicht wohl dabei. Die Tür springt auf.
Sie geht in den Raum hinein, er blickt ihr skeptisch nach.

23. Wohnung Manfred, Salon. Innen. Tag.

Zazie läuft durch einen von oben bis unten mit Büchern und afrikanischen Erinnerungsstücken vollgestopften Salon. Überall stehen noch Alltagsgegenstände herum, die eben erst benutzt wurden, so scheint es.

TOTILA: Hören Sie, ich fühle mich nicht wohl.

ZAZIE: Isch fühle misch wohl.

Sie blickt alles sehr genau an, mustert die Bücher, die Bilder von Afrikanern an der Wand.

ZAZIE: Wieso liegt das noch alles so rum? Wieso kommt da keiner?

TOTILA: Weil es, glaub ich, keinen gibt. Manfred hat ja keine Kinder.

ZAZIE: Wenn es keinen gibt, müssen wir keine Schuldgefühle haben. Dann können wir einfach ein bisschen ... wie sagt man ... schnüffeln?

TOTILA: Man schnüffelt nicht.

ZAZIE: Oh, isch schnüffel total gerne ...

Sie geht weiter in Richtung eines Vorhangs.

TOTILA: Wir sollten da nicht reingehen.

Zazie hört nicht auf ihn, läuft weiter, durchquert den Vorhang ...

24. Wohnung Manfred, Arbeitszimmer. Innen. Tag.

... und betritt das dem Wohnzimmer benachbarte Arbeitszimmer. Auch hier wieder Massen von Büchern, Bildern, Erinnerungsstücken, Fotografien, die sogar an quer durch den Raum gespannten Wäscheleinen hängen.

ZAZIE: Incroyable ...

Auch Toto kommt ins Arbeitszimmer, starrt die Fotos an, berührt sie, betrachtet sie. Er scheint noch nie zuvor in diesem Raum gewesen zu sein.

Beide trennen sich voneinander, jeweils auf eigene Weise mit den vielen Bildern beschäftigt. Er steigt eine Seitentreppe hinauf, betrachtet sich Fotos von SS-Männern.

ZAZIE (ruft): Hier. Schauen Sie! Das bin isch!

Er blickt erstaunt zu ihr. Sie steht in einem kleinen Seitenkabinett, wo auch Manfreds Schreibtisch steht. Sie pinnt ein Foto ab. Toto tritt zu ihr. Sie zeigt auf das Foto, sieht sich, Manfred – und auch Balti, der mit ihr in einer größeren Studiengruppe steht.

ZAZIE: Yad Vashem! Vor drei Jahren. Exkursion.

Er nimmt das Foto und trägt es zum Licht, um es näher zu betrachten.

ZAZIE: Armer Manfred. Hatte nie eine Frau, was?

TOTILA: Nicht, dass ich wüsste.

ZAZIE: Immer nur die scheiß Nazis, die Wichser! Immer nur Wissenschaft!

Sie seufzt.

ZAZIE: Der Mensch braucht Mensch. Isch kann nischt leben ohne Partner. Isch gehe ein wie eine alte gelbe Blume ohne Balti.

Toto dreht sich um, blickt sie erstaunt an.

TOTILA: Balti? Wie Balti?

ZAZIE: Isch bin nämlisch mit Balti zusammen. Heimlisch. Darf niemand wissen.

Toto nickt verwirrt. Eine kurze peinliche Stille.

ZAZIE: Hat ja eine blöde Frau. Wollen Sie mal ein Foto sehen von Balti?

TOTILA (noch unter Schock, abwehrend): Nein. Das … das muss wirklich nicht sein.

Er dreht sich um, eilt hinüber in den anderen Teil von Manfreds Wohnung zurück …

25. Wohnung Manfred, Salon. Innen. Tag.

… und stolpert über ein quietschendes Hundespielzeug, das offensichtlich Mops Gandhi gehört. Er bückt sich, hebt das Spielzeug auf, zusammen mit einem Napf, auf dem Mahatma Gandhi abgebildet ist.

Zazie steht plötzlich neben ihm, zeigt ihm ein Foto, das sie aus ihrem Portemonnaie gezogen hat. Es zeigt einen hässlichen Dreijährigen, der auf einem Kettcar sitzt.

ZAZIE: Da war er drei. Ist er nischt goldisch?

TOTILA (blickt gar nicht hin, geht mit Napf davon): Sehr goldig.

ZAZIE: Isch liebe Kinderfotos. Wenn isch von Ihnen mal eine Foto will, dann will isch eine Kinderfoto. Balti kann unheimlisch gut küssen.

TOTILA: Ja, vielleicht kann er im Augenblick nicht so gut küssen.

ZAZIE: Ja, isch weiß. (Sie zeigt auf ihr Kinn) Er wurde überfallen von drei Nazischlägern.

Toto blickt sie ungläubig an. Den Napf in seiner Hand hat er vergessen.

TOTILA: Das hat er gesagt? Drei?

ZAZIE: Drei! Aber er hat gewonnen.

Sie sieht hinüber zu einer Schiebetür.

ZAZIE: Isch finde das attraktiv, wenn Männer Gewalt anwenden, also wenn sie im Rescht sind, ist ja klar, oh, là, là, isch hoffe, isch spresche nischt zu viel, isch kann unheimlisch viel spreschen, wenn der Tag groß ist.

Sie geht hinüber zur Schiebetür, rüttelt an ihr. Sie tritt mit aller Wucht gegen eine Sperre.

TOTILA: Vorsicht! Sie machen das kaputt!

Zazie stößt die Tür auf. Ein Bücherregal stürzt um. Bilder fallen herunter. Bilderrahmen gehen zu Bruch.

TOTILA: Meine Fresse, Sie schnüffeln sich noch um Kopf und Kragen! Das gehört Ihnen nicht! Ihnen gehört hier gar nichts! Fassen Sie einfach nichts mehr an, okay?

Toto bückt sich und hebt die heruntergefallenen Bücher auf. Zazie hilft ihm und stößt auf ein Foto, das am Boden liegt.

ZAZIE: Schau, Manfred liebt auch Kinderfotos.

Sie zeigt ihm das Foto. Er wirft nur einen kurzen Blick darauf. Man sieht ein Baby im weißen Kleidchen, ein Bild aus dem 19. Jahrhundert. Toto fährt fort mit dem Aufräumen. Zazie studiert das Foto versonnen.

ZAZIE: Wer das wohl war? Vielleischt sein Vater?

TOTILA: Nein. Nichts anfassen!

Er nimmt ihr das Foto ab und stellt es in ein Regal.

ZAZIE: Oder sein Großvater. Er sieht so süß aus. (Sie tritt näher) Er hat auch die gleischen großen Augen wie Manfred, nischt?

TOTILA: Das ist Adolf Hitler als Baby. Das müssen Sie doch wissen!

Sie ist innerlich getroffen. Sie hätte es wissen, hätte das Foto kennen müssen.

ZAZIE: Unglaublisch.

TOTILA: Tja.

ZAZIE: Isch hätte ihn glatt adoptiert.

Toto schüttelt verächtlich den Kopf.

ZAZIE: Und dann er wär auch viel netter geworden.

Toto blickt nach unten. Ihm ist alles peinlich, und er will einfach nur weg.

ZAZIE: Das war ein Scherz.

TOTILA: Ja, also in Deutschland machen wir über so was nicht so Scherze.

ZAZIE: Isch verstehe das. Culture clash.

TOTILA: Ja.

ZAZIE (kneift die Augen zusammen): Sie halten misch für eine Idiot, was?

TOTILA: Nein, überhaupt nicht.

ZAZIE: Doch. Aber Manfred hat mir eine Eins gegeben. Also fachlisch bin isch top, non?

TOTILA: Na ja.

ZAZIE: Wie na ja?

TOTILA: Von Gaswagen … also von Gaswagen haben Sie leider überhaupt keine Ahnung.

Zazie starrt ihn an, als habe sie nicht recht gehört.

Schnitt zu …

26. Haus Blumen, Wohnzimmer. Innen. Tag.

… Hannah, die Toto immer noch gegenübersitzt.

HANNAH: Das hast du gesagt?

TOTILA: Ja. Furchtbar. Ich schäme mich.

HANNAH: Wie kommst du nur da drauf?

TOTILA: Mercedes hat keine Gaswagen gebaut. Opel hat Gaswagen gebaut. Also ihre Oma wurde vielleicht in einem Opel Blitz vergast. Vielleicht in einem Magirus Deutz. Vielleicht sogar in einem Beute-Renault. Aber auf keinen Fall in einem Mercedes.

Hannah seufzt, ist komplett angeödet, versucht aber, die Ruhe zu bewahren, und steht vorsichtig auf.

TOTILA: Mercedes hat Euthanasieopfer transportiert, Zwangsarbeiter fertiggemacht, aber mehr auch nicht.

Sie geht zur Garderobe, die mit dem Wohnzimmer verbunden ist. Sie zieht ihren Lippenstift nach, blickt in den Spiegel.

HANNAH: Okay, du hast einen schweren Tag gehabt, Toto.

TOTILA: Ich weiß wirklich nicht, wie ich ihr noch vor die Augen treten soll. Aber sie ist so unglaublich doof.

HANNAH: Ich muss los.

Hannah kontrolliert ihre Tasche, die nun fertig gepackt ist. Sie ist ausgehfertig angezogen. Toto blickt zu ihr auf.

TOTILA (in anderem Ton): Kannst du nicht hierbleiben?

HANNAH: Du weißt, dass das nicht geht.

TOTILA: Bleibst du über Nacht?

HANNAH: Möglich. Ich sag Sarah noch tschüs.

Sie greift die vorbereitete kleine Reisetasche.

TOTILA: Werdet ihr Sex haben?

Sie beugt sich zu ihm hinunter, greift ihm voller Zärtlichkeit und Wärme unter das Kinn.

HANNAH (sanft): Nicht, Schatz. Das willst du nicht wissen.

TOTILA: Nein.

HANNAH: Ich liebe dich sehr.

TOTILA: Ich weiß.

HANNAH (zeigt hinaus zu Lisbeth): Vergiss deine Mutter nicht.

27. Haus Blumen, Garten. Außen. Dämmerung.

Toto tritt auf Lisbeth zu. Er hat einen Rollstuhl dabei.

LISBETH (mit Blick aufs Feuer): Wollen wir da drüberhüpfen?

Sie hat einen starken baltischen Akzent.

TOTILA: Nein, wir wollen nicht da drüberhüpfen. Ich bring dich jetzt ins Heim zurück.

Er stellt den Rollstuhl neben Lisbeths Liege und trifft Vorkehrungen, um seine Mutter in den Rollstuhl heben zu können.

LISBETH: Die ist aber schön drübergehüpft eben, Sieghart.

Sie zeigt zu Sarah, die weiter entfernt mit dem Mops Gandhi spielt.

LISBETH: Wer war das denn?

TOTILA: Das ist die Sarah. Das weißt du doch.

LISBETH: Ach, sie ist aber gar nicht blond, und sie hat keine blauen Augen mehr.

TOTILA: Nein, Mama, sie hatte noch nie blaue Augen.

LISBETH: Ach, wie schade, Sieghart.

Er hievt sie in den Rollstuhl. Sie ist schwer, und er hebt sich fast einen Bruch.

TOTILA: Ich bin nicht Sieghart, Mama. Sieghart bin ich nicht. Ich bin Totila.

LISBETH: Ach, wie schade.

Toto starrt sie an, mit den Zähnen mahlend.

TOTILA: Na gut, hüpfen wir halt drüber.

Er schiebt den Rollstuhl an und karrt seine demente Mutter

mitten durch die Flammen, so dass sie fast herauskippt. Er nimmt nochmals Anlauf und rollt sie holpernd über die brennenden Scheite auf die andere Seite des Feuers. Amama Lisbeth lacht fröhlich. Er scheint voller Groll zu sein, während er sie weiter ins Haus schiebt.

28. Zentrale Stelle Ludwigsburg, Parkplatz. Außen. Tag.

Die Zentrale Stelle zur Untersuchung von NS-Verbrechen ist in einem alten, gedrungenen Backstein-Gefängnisbau aus dem 19. Jahrhundert untergebracht.
Auf dem Parkplatz vor dem Eingang hält der Mercedes-Transporter von Toto. Der Motor erstirbt. Toto steigt aus. Neben einem Kiosk sitzen drei Obdachlose auf einer Bank und starren zu ihm rüber. Einer hebt grüßend eine Flasche Bier. Toto blickt indigniert weg und geht zur Eingangskontrolle.

29. Zentrale Stelle Ludwigsburg, Sicherheitsschleuse. Innen. Tag.

Toto betritt die Sicherheitsschleuse des Gebäudes: Einen Hochsicherheitskorridor, der durch Panzerglas vom Pförtnerraum und durch eine Glastür vom folgenden Empfangsflur getrennt ist.
Hinter dem Panzerglas sitzt ein gemütlicher Pförtner, der Toto freundlich zunickt. Toto stellt sich an die Glastür, sieht durch sie hindurch die dahinter im Flur stehende Za-

zie. Sie trägt eine blaue Ikea-Tasche und studiert Informationen auf einem Schwarzen Brett.
Der Summer der Tür wird betätigt …

30. Zentrale Stelle Ludwigsburg, Flur. Innen. Tag.

… und Toto betritt den Empfangsflur der Zentralen Stelle. Er geht auf Zazie zu, die das Schwarze Brett gerade verlassen möchte. Sie blickt ihn nicht an. Sie hat ihre goldene Sonnenbrille auf.

TOTILA: Bitte entschuldigen Sie meine … meine Worte von gestern.

Zazie nimmt ihre Brille nicht ab, betrachtet das Schwarze Brett.

ZAZIE: Okay.

TOTILA: Gaswagen sind eine Spezialität von mir. Ich weiß ja auch gar nicht, welchen Forschungsschwerpunkt Sie überhaupt haben.

ZAZIE: Polen.

TOTILA: Polen?

ZAZIE: Auschwitz liegt in Polen.

TOTILA: Klar.

ZAZIE: Dem Land der guten Putzfrauen.

Toto grinst hilflos. Dann dreht er sich um und geht weg. Zazie ruft ihm nach.

ZAZIE: Toto?

Er wendet sich zu ihr. Sie zieht ein Würstchen aus der Ikea-Tasche und bietet es ihm als Friedensangebot an.

ZAZIE: Wollen Sie?

Er weiß nicht, was er davon halten soll.

ZAZIE: Specialités. Von Paris.

TOTILA (alarmiert): Sie wollen hier an diesem Ort Knabberkram verteilen?

ZAZIE (beißt in das Würstchen): Dann nischt.

31. Zentrale Stelle Ludwigsburg, Konferenzzimmer. Innen. Tag.

Münder, die in kleine Spießchen beißen. Krümelige Lippen, die von der Zunge freigeleckt werden. Das Geräusch mahlender Kiefer.
An einem ellipsenförmigen Tisch im großen Konferenzraum essen Institutsleiter Balthasar, der hungrige Hufeisenbartträger Privatdozent Peter Bächle (40), Chefsekretärin Charlene Morgenrot (52), die Wissenschaftliche Assistentin Molowsky (32), die Stellvertretende Abteilungsleiterin Anita Koldewey (45) und Herr Oglodu (29) die kleinen Häppchen Zazies. Nur Toto isst nichts, sondern starrt Zazie an, die seinem Blick ausweicht.
Toto nimmt sein aufgehäuftes Tellerchen und schüttet es grimmig auf die Platte zurück, die in der Mitte des Tisches steht. Anita hält inne. Alle blicken ihn an.

BALTHASAR (ruhig): Was machst du da?

TOTILA: Ich kann das nicht.

Er betrachtet seine Finger, die fettig geworden sind beim Zurückschütten des Tellers.

BALTHASAR: Was?

TOTILA: Ich kann nicht hier sitzen und das essen, während wir vor einem Auschwitzfoto sitzen (er zeigt auf das riesige Auschwitzplakat, das eine ganze Querwand des Raumes einnimmt) und über einen Auschwitzkongress reden. Haben wir Papierservietten?

BALTHASAR: Nein, Totila.

TOTILA: Wir müssen welche haben. Wir hatten doch noch unheimlich viele Papierservietten von der Weihnachtsfeier.

BALTHASAR: Ich spreche nicht von den Papierservietten. Wir begrüßen unsere neue Praktikantin. Frau Lindeau hat uns etwas Landestypisches mitgebracht. Das kannst du nicht machen.

TOTILA: Warum nicht?

BALTHASAR: Ich verstehe, wenn du das jetzt nicht essen willst. Aber du musst es nicht zurückkippen.

TOTILA: Ich kam eben unten am Tor vorbei und hab die ganzen Obdachlosen gesehen. Und da hab ich wieder mal gemerkt: Wir brauchen eine völlig andere Einstellung.

BÄCHLE: Wie eine andere Einstellung? Ist das wieder einer deiner schwachsinnigen –

BALTHASAR (unterbricht ihn): Danke … oder habe ich Sie unterbrochen, Herr Bächle?

BÄCHLE: Nein. Ich war eigentlich schon –

BALTHASAR (unterbricht ihn): Hier wird nämlich niemand unterbrochen. Das ist mir sehr wichtig, dass wir darauf ein bisschen achten. Was wolltest du sagen, Toto?

TOTILA: Wir könnten den Obdachlosen diesen Kram doch runterbringen. Das wär doch mal ein Zeichen.

BÄCHLE (entrüstet): Leute, die ihr ganzes Leben nicht richtig gearbeitet haben, sollen der Praktikantin ihre Häppchen wegessen?

CHARLENE: So kann man das aber nicht sagen.

Unruhe. Balti klopft auf den Tisch.

BALTHASAR: Jetzt kommen wir aber mal wirklich auf die Arbeit zurück, Freunde. Anita, Sie wollten uns zum Auschwitzkongress was sagen.

KOLDEWEY: Ja. (Sie greift zu ihren Aufzeichnungen) Vielleicht haben wir einen neuen Hauptsponsor. Mit Daimler Benz haben Herr Thomas und ich gesprochen. Das klang alles sehr positiv, sehr vielversprechend.

Zazie merkt auf.

ZAZIE (unterbricht): Pardon … Sie meinen Mercedes?

KOLDEWEY: Genau. Es gibt da einen Herrn Mauersperger im Vorstand –

ZAZIE (unterbricht): Mercedes soll Geld geben für den Auschwitzkongress?

BALTHASAR (sanft): Bitte nicht unterbrechen, Zazie.

ZAZIE: Ist das nischt problematisch, un petit peu?

BALTHASAR: Wieso sollte das problematisch sein?

ZAZIE: Egal.

TOTILA (legt Zazie die Hand auf den Rücken): Ihre Großmutter kam im Holocaust ums Leben, in einem Mercedes, wie Fräulein Lindeau glaubt Abgase. Drum.

Die Brutalität des Satzes dringt wie ein Messer in alle Anwesenden. Oglodu unterbricht das Knabbern an den *grillettes*.

CHARLENE: Um Himmels willen.

BALTHASAR: Entsetzlich.

BÄCHLE: Immerhin, die leisten ja Wiedergutmachung, wenn die eine Forschungsstelle wie unsere unterstützen.

KOLDEWEY: Und, ehrlich gesagt, wenn ich dem Herrn Mauersperger sage, dass hier Nachfahren von Holocaustopfern arbeiten, dann wird sich das bestimmt nicht nachteilig auswirken auf den … den Support.

TOTILA: Du meinst die Spendenbereitschaft.

KOLDEWEY: Dreh mir nicht das Wort im Mund rum.

TOTILA (sauer): Mach ich nicht. Ich frage mich nur, (blickt zu Zazie) ob ihre Omi die Spendenbereitschaft von Mercedes Benz im Blick hatte, als sie sich in einem dieser zuverlässigen Automobile umbringen ließ.

ZAZIE (verletzt): Was sind Sie für ein Mensch?

TOTILA: Ich bin der, der uns daran erinnert, dass Manfred Norkus diesen Scheißkonzern niemals für Sponsoring angefragt hät–

BALTHASAR (unterbricht ihn): Das geht jetzt zu weit!

TOTILA: Ich dachte, hier wird niemand unterbrochen? Ich dachte, darauf sollten wir jetzt alle mal ein bisschen achten?

BALTHASAR (streng): Bei aller Liebe, Totila! Willst du andeuten, wir würden die moralischen Grundlinien von Manfred Norkus verlassen? Dass wir Manfred jeden Respekt erweisen, sieht man doch schon daran, dass wir seinen Platz frei halten.

Er zeigt hinüber zu einem Stuhl, der frei geblieben ist.

CHARLENE: Er hat sogar seinen Jasmintee!

Tatsächlich dampft auf dem Tisch vor dem freien Stuhl die alte Miriam-Makeba-Teetasse vor sich hin.

BALTHASAR: Genau.

TOTILA: Ach ja? Da ist ja nicht mal ein Teebeutel in dem Jasmintee vom Manfred!

CHARLENE: Weil er alle ist und weil der Manfred niemals Yogitee getrunken hätte.

TOTILA: So so. Aber von den Häppchen habt ihr ihm auch nichts abgegeben.

BÄCHLE (wütend): Geht das schon wieder los? Nimm doch mal irgendwas ernst, verdammt noch mal.

TOTILA: Was soll ich denn bitte schön ernst nehmen? Diesen Kindergarten hier? Wir haben doch eine Aufgabe. Wir bereiten einen sehr wichtigen Auschwitzkongress vor. Den sollten wir ernst nehmen. Und den nehme ich auch ernst. Den habe ich seit zwei Jahren verdammt ernst genommen, ernster jedenfalls als manch anderer hier.

Toto ist laut geworden. Niemand reagiert, niemand sieht ihm in die Augen. Schließlich ergreift Balti das Wort.

BALTHASAR (kühl): Du hast die Projektleitung nicht mehr. Das musst du akzeptieren. Du sollst die Teilnehmer kontaktieren, mehr nicht. Dafür hast du Zazie Lindeau. (Er fixiert Toto höhnisch) Und ich bin sehr gespannt, was ihr für Ergebnisse bringt.

32. Landstraße. Innen. Außen. Tag.

Toto fährt in einem Volvo über eine Landstraße. Das Auto ist sichtlich ein Frauenvehikel. Überall sieht man kleine Tierfiguren aus Plastik.

Zazie sitzt auf der Beifahrerseite. Zwischen ihnen hechelt der Mops Gandhi. Er steht in der Mopstasche zwischen Fahrer und Beifahrerin.

Der Volvo fährt durch die Rheinebene. Am Horizont sieht man den bläulich im Dunst liegenden Schwarzwald. Totila schweigt und hat seinen Sprich-mich-nicht-an-Gesichtsausdruck aufgesetzt.

Zazie wirkt unruhig, sucht nach einem Gesprächsthema. Ihr Blick fällt auf eine Tablettenschachtel, die auf der Mittelkonsole liegt. Sie nimmt die Schachtel.

ZAZIE: Polythemalin?

TOTILA: Bitte legen Sie das wieder hin.

ZAZIE: In welscher Therapie sind Sie denn?

TOTILA: Ich bin nicht in Therapie.

ZAZIE: Isch war in Gestalt und Psyscho. Aber Polythemalin ist scheiße.

TOTILA: Ich bin nicht in Therapie. Warum sollte ich in Therapie sein?

ZAZIE: Balti sagt, Sie sind in Therapie, um Ihre Stelle nischt zu verlieren.

Toto reißt ihr die Tablettenschachtel aus der Hand und schmeißt sie hinter sich. Er ist genervt.

ZAZIE: Mein Gott, Sie haben Defekte, isch habe Defekte. Können Sie es nischt nehmen mit Humor?

Sie holt ihre eigene Pillendose hervor, schraubt sie auf.

TOTILA (fassungslos): Mit Humor?

ZAZIE: Nein, geht natürlisch nischt, Sie haben ja keinen.

TOTILA: Ich soll keinen Humor haben?

ZAZIE: Na ja, kein Wunder, ein Holocaustforscher mit Humor, das ist … das ist wie … wie ein Popo ohne Loch.

Sie nimmt eine ihrer Tabletten. Er starrt sie entsetzt an.

TOTILA: Was?

ZAZIE: Sie wissen doch, was eine Oxymoron ist? Begriffe, die sisch widersprechen. Militärische – Intelligenz. Großer – Zwerg. Schöne – Scheiße.

TOTILA: Popo ohne Loch? Ich bin ein Popo ohne Loch?

ZAZIE (beschwichtigend): Ist nur rhetorische Figur.

TOTILA: Sind Sie banal! Nicht zu fassen!

ZAZIE: Bon. Warum vergessen wir nischt das Ganze, und Sie sagen mir einfach, wo wir hinfahren?

Toto mahlt mit den Kiefern.

TOTILA: Wir fahren zu einer Schauspielerin.

ZAZIE: Balti sagt, sie ist wischtig für den Kongress?

TOTILA: Dann wissen Sie ja, wo wir hinfahren.

ZAZIE: Sie war in Auschwitz?

Die Frage hängt im Raum. Schließlich dreht sich Toto Zazie zu und fragt mit Hinterhalt in der Stimme:

TOTILA: Hat Ihnen Balti auch gesagt, warum ich in Therapie bin?

ZAZIE (triumphierend): Ah voilà, Sie sind also in Therapie. Er hat mir nämlisch gesagt gar nischts. Aber dass Sie da hingehören, sieht jeder.

TOTILA: Weil ich ihn geschlagen hab.

ZAZIE: Drei Nazischläger haben ihn geschlagen.

TOTILA: Nein. Ich. Hierhin. (Er zeigt es)

Zazies Lächeln erstirbt.

ZAZIE: Sie haben ihm das angetan?

TOTILA: Ja.

ZAZIE: Sie haben meine' Freund die Zähne weggemacht?

TOTILA: *Ein* Zahn. Es war nur *ein* Zahn.

ZAZIE (wütend): *Ein* Zahn? Es war nur *ein* Zahn?

TOTILA: Ja.

Sie lässt das Fenster nach unten surren, greift zur Seite, reißt die Mopstasche hoch und feuert sie aus dem Fenster.
Der Mops segelt in den Abgrund, der sich neben der Autobahn auftut.

TOTILA (schreit): Sind Sie wahnsinnig?

ZAZIE: *Ein* Hund! Es war nur *ein* Hund!

Toto steigt in die Bremsen.

33. Autobahn, Wiese neben der Fahrbahn. Außen. Tag.

Der Volvo parkt am Seitenstreifen. Toto sucht die Böschung ab nach Gandhi. Er ruft verzweifelt nach seinem Hund.

TOTILA (ruft): Gandhi! Gandhi!

Zazie läuft hinter ihm, sie wirkt zerknirscht. Auch sie ruft nach dem Mops.

ZAZIE (ruft): Gandhi!

Toto fährt herum.

TOTILA (zornig): Wagen Sie es noch einmal, seinen Namen zu rufen!

ZAZIE: Es tut mir leid.

TOTILA: Es tut Ihnen nicht leid. Sie haben überhaupt kein Herz. Sie wollen alle deutschen Hunde einschläfern!

ZAZIE: Isch musste irgendwas rausschmeißen!

TOTILA: In Deutschland schmeißen wir nichts aus dem Auto! Gar nichts! Nicht mal 'n Kaugummi!

ZAZIE (ruft): Gandhi!

TOTILA: Zerfetzt ist der!

ZAZIE (kläglich): Der Boden ist doch weisch.

TOTILA: Jetzt fangen Sie ja nicht an zu flennen, Sie falsche Schlange.

ZAZIE: Isch bin wahnsinnisch. Isch gehöre in die Klapse. Fuck!

TOTILA: O Gott! Sie sind diese Sorte Mensch, die total verlogen ist, alle ins Unglück stürzt und dann dafür auch noch Mitleid will!

Man hört ein kurzes Kläffen. Zazie blickt auf.

ZAZIE: Voilà!

Sie zeigt Richtung Wald. Tatsächlich sieht man den Mops durchs Feld heranhüpfen.

TOTILA: Gandhi!

Toto bückt sich strahlend. Der Mops springt in seinen Arm. Sein Maul ist ganz blutig, und er schmiert Blut an Totos hellblaues Hemd.

34. Villa Rubinstein. Außen. Tag.

Der Volvo hält vor einer malerischen Villa am Rande des Schwarzwaldes. Das Haus ist von der Straße aus kaum zu sehen, verborgen von Büschen und Sträuchern.
Toto schaltet den Motor ab, steigt aus dem Auto, sichtlich wütend. Er nimmt eine Aktentasche mit.
Zazie steigt auf der Beifahrerseite aus, zerknirscht. Sie folgt Toto Richtung Villa.
Der blutige Mops blickt ihnen winselnd durch die Scheibe nach.

35. Villa Rubinstein, vor Hauseingang. Außen. Tag.

Toto und Zazie erreichen die Haustür der Villa Rubinstein. Toto klingelt. Die Hausangestellte, Magda (62), öffnet. Toto zieht sein Handy aus der Tasche, reicht es Zazie.

TOTILA (kühl): Rangehen, falls es klingelt. Sie bleiben hier!

Er folgt Magda in den Salon. Zazie bleibt zurück, setzt sich auf die Treppenstufen. Das Handy von Toto klingelt.

36. Haus Blumen, Tierarztpraxis. Innen. Tag.

Hannah läuft halbnackt in ihrer Tierarztpraxis auf und nieder und legt gleichzeitig ihre Kleider ab. Sie hat ihr Handy am Ohr. Neben ihr liegt ein Berner Sennenhund auf einer OP-Liege, offensichtlich betäubt.

HANNAH: Ja, guten Tag. Ich würde gerne meinen Mann sprechen.

Ein nackter Mann kreuzt das Bild.

37. Villa Rubinstein, Salon. Innen. Tag.

Toto betritt mit Aktentasche und in Begleitung von Magda einen prächtigen Salon. Ihm gegenüber öffnet sich ein Panoramafenster, vor dem eine Greisin Klavier spielt: Tara Rubinstein, die wir bereits von dem Interview mit Norkus zu Anfang der Geschichte kennen. Sie hat ein feingeschnittenes Gesicht, sehr ordentliche, wohlgepflegte Haare, eine teure Sonnenbrille. Toto geht auf sie zu, mit ausgestreckter Hand. Sie ignoriert die Hand, hört auf zu spielen.

TARA (herrisch): I hate people who are not on time.

TOTILA: Sorry. I was … I had an accident, my dog was almost killed, sorry.

TARA: I hate people who say sorry.

Toto bleibt wie ein kleiner Junge vor ihr stehen. Er muss nun zum Punkt kommen.

TOTILA: Your son called and said, that you want to cancel everything.

TARA: Manfred is dead.

TOTILA: That's terrible … But Manfred wanted to make it happen, this congress.

TARA: I don't want to talk about Auschwitz.

TOTILA: But everything was clear. What's up?

TARA: I don't want to talk about Auschwitz. Not without Manfred. Not in German.

Toto wird noch unruhiger, läuft vor Tara hin und her.

TOTILA: That's okay. You can talk in English. Hebrew. Whatever. But you came back … you came back from Jerusalem, because you wanted to speak German. That's what you told me.

TARA: Yes. Sometimes I love to speak German. (Scharf) Hinsetzen! Los! Zack!

Erschrocken tut Toto wie ihm geheißen, lässt sich in den nahen Sessel fallen.

Tara beugt sich zu ihm nach vorne.

TARA (sanft): Sehen Sie! In der deutschen Sprache kann ich streng werden, strenger als auf Englisch oder Hebräisch. Ich brauche nicht nachzudenken, was »sterben« heißt oder »Pisstopf«.

TOTILA: Das ist doch schon mal gut.

TARA: Ja, aber die anderen Worte, die habe ich nicht mehr. Ich will nicht über Auschwitz reden. Nicht über diese Zeit. Und nicht mit einem Fremden.

Toto steht auf, setzt sich neben sie auf den breiten Klavierhocker, packt dann seine Bücher aus. Es sind historische Werke von ihm.

TOTILA: Aber ich bin doch kein Fremder. Ich war doch schon hier mit Manfred. Sehen Sie! Meine Bücher. Wir standen Manfred beide nah. Und das wäre eine wunderbare Rede von Ihnen auf dem Kongress.

TARA: Haben Sie Kinder?

TOTILA: Ja. Eins.

TARA: Ich auch. Es ist schrecklich mit Kindern, nicht wahr? Sie verleiten einen so, Macht auszuüben. Zeigen Sie mal!

TOTILA: Wie bitte?

TARA: Zeigen Sie mal. Fotos. Sie haben doch Fotos Ihres Kindes. I'd like to get to know you a bit better, Mister Blumen.

TOTILA: Ja, da habe ich keins bei mir. Da muss ich draußen nachsehen.

TARA: Husch husch.

Toto nickt und steht verstört auf.

38. Villa Rubinstein, Foyer. Innen. Tag.

Toto kehrt in das Foyer zurück. Zazie sitzt auf dem Samtsessel wie zuvor. Vor ihr liegt Totos Handy.

TOTILA: Ich bräuchte Ihre Hilfe.

ZAZIE: Ihre Frau hat angerufen. Sie sollen sie zurückrufen.

Sie reicht ihm das Handy.

Er nimmt das Telefon. Ihr fällt sein Zögern auf, eine merkwürdige Nervosität. Er drückt die Rückruftaste.

39. Tierarztpraxis. Innen. Tag.

Hannah sitzt in ihrer Tierarztpraxis. Sie ist nun völlig nackt

HANNAH: Schatz, entschuldige. Könntest du Sarah vielleicht zum Stepptanz bringen?

Sie wartet auf eine Antwort. Gleichzeitig sieht man, wie jemand das Licht löscht.

HANNAH: Ich schaffe es einfach nicht. Toto?

40. Villa Rubinstein, Salon. Innen. Tag.

Toto geht einige Meter zur Seite, stellt sich in die Gartentür, so dass ihn weder Zazie noch jemand anderes hören kann. Er raunt in seinen Apparat:

TOTILA (leise, ernst): Du bist doch nicht nackt, oder?

41. Tierarztpraxis. Innen. Tag.

Hannah in ihrer Tierarztpraxis. Gepflegte Männerhände massieren ihren Rücken. Auf dem OP-Tisch liegt ein Bernhardiner.

HANNAH: Nein, bin ich nicht. Hier ist nur ein Patient. Vielleicht schaff ich's ja doch mit Sarahs Unterricht, ich versuch's.

42. Villa Rubinstein, Salon. Innen. Tag.

Toto geht von der Gartentür weg hinüber zu seiner Jacke, telefoniert gleichzeitig weiter.

TOTILA: Nein, nein. Sorry. Schon gut. Mach ich.

Er kramt aus der Jacke sein Portemonnaie hervor. Er öffnet es.

TOTILA: Ich ruf dich noch mal an. Hab dich lieb.

Er legt auf, packt das Handy weg. Er sieht in seinem Portemonnaie zwei Fotos seiner Tochter Sarah. Auf beiden lächelt sie freundlich. Er blickt in den Himmel. Er ist aufgewühlt, versucht es zu verbergen.

Er geht hinüber zu Zazie.

ZAZIE: Was soll isch tun?

TOTILA: Ich rede.

43. Villa Rubinstein, Salon. Innen. Tag.

Toto kehrt mit Zazie zu Tara in den Salon zurück.
Die alte Dame sitzt nun in der Leseecke und blättert eines von Totos Büchern durch. Toto stellt Zazie vor.

TOTILA: Das ist Zazie Lindeau. Macht bei uns ein Praktikum. Ihre Großmutter wurde auch von den Nazis –

Tara unterbricht ihn, ohne Zazie auch nur eines Blickes zu würdigen.

TARA (zu Toto): Interessiert mich nicht.

Die junge Frau bleibt Luft für sie. Zazie nimmt es gelassen auf, dreht sich weg und beginnt, sich ungeniert all die Gemälde, Kunstwerke und Filmpreise anzusehen, die im Salon stehen.
Toto ist überrascht und irritiert, fasst sich aber schnell. Er setzt sich neben Tara.

TOTILA: Hier, meine Tochter.

Er reicht ihr die Fotos. Sie legt die Sonnenbrille ab, zieht ihre Lesebrille auf, blickt auf die Bilder.

TARA: Das ist ja ein Chinesenkind. Sehr niedlich. Ist Ihre Frau Chinesin?

TOTILA: Nein. Wir haben sie adoptiert.

TARA: Ist Ihre Frau unfruchtbar?

TOTILA: Ich bin unfruchtbar.

TARA: Haben Sie sich sterilisieren lassen?

Zazie starrt Toto von der anderen Seite des Salons aus an.

TOTILA: Wie kommen Sie denn da drauf?

TARA: Na ja, Blumen. So hieß doch ein SS-General. War es Riga?

TOTILA: Ja, meine Familie hat einen nationalsozialistischen Hintergrund.

TARA: Und da haben Sie sich sterilisieren lassen, um kein Nazikind in die Welt zu setzen?

Zazie räuspert sich und zeigt auf einen Oscar, der auf dem Kaminsims steht.

ZAZIE: Entschuldigung. Aber darf isch fragen, wofür haben Sie den denn gekriegt?

TARA: Was reden Sie denn für einen Scheißdreck, Kindchen?

Zazie ist eher erstaunt als schockiert. Toto fasst den Entschluss, den Aufbruch einzuleiten.

TOTILA: Ausgezeichnet. (Er öffnet seine Aktentasche) Vielleicht überlegen Sie sich einfach, ob es nicht doch gehen kann.

TARA: Haben Sie auch ein Foto Ihrer Frau?

Er fängt an, seine Bücher einzupacken.

TOTILA: Ja. Aber das möchte ich Ihnen wirklich nicht zeigen.

TARA: Will ich auch gar nicht sehen. Ich will das Foto Ihrer Geliebten sehen.

TOTILA: Ich habe keine Geliebte.

TARA: Wunderbar! Männer, die treu sind! Gehen Sie ins Bordell gelegentlich?

TOTILA: Das wird mir jetzt ein bisschen zu bunt.

TARA: Hören Sie mal, Sie wollen von mir erfahren, ob ich mit Reinhard Heydrich geschlafen habe.

TOTILA: Nein. Das ist ein seriöses Projekt.

TARA: Also Sie wollen nicht wissen, ob ich mit Reinhard Heydrich geschlafen habe?

Toto wird sauer.

TOTILA: Das Einzige, was ich wissen will: Bleiben Sie Schirmherrin unseres Kongresses? Ihr Sexleben interessiert uns nicht. Nie haben Sie über das Vergangene gesprochen. Sprechen Sie mit uns!

TARA: Sie haben keine Geliebte. Sie gehen nicht zu Nutten. Sie lieben Ihr Kind. Warum sollte ich mit Ihnen sprechen? Sie amüsieren mich nicht. Sie haben keinerlei Humor.

TOTILA: Das mag sein. Aber ein Holocaustforscher mit Humor, das ist wie ein Popo ohne Loch!

TARA: Quatsch. Ein Holocaustforscher mit Humor, das ist wie ein Holocaustopfer mit Humor, und das sitzt vor Ihnen.

TOTILA: Hören Sie, Sie wollten doch über die Shoah sprechen!

TARA: Nein, auf so einen Shoah-Auftritt, da habe ich keine Lust drauf. Ich will nicht dieses Opfer-Gejammer absondern. Ich rede lieber über die Dinge, die geklappt haben in meinem Leben.

TOTILA: Was hat denn geklappt?

TARA: Ich habe mich liften lassen.

TOTILA (genervt): Ausgezeichnet.

TARA: Die Nase. (Zeigt ihre Nase) Man sieht es kaum, oder?

TOTILA: Nein ... das hat sehr gut geklappt. Sie sehen sehr gut aus.

TARA: Ja, aber Sie ekeln sich.

TOTILA: Nein.

TARA: Sie glauben, ich trage eine Windel!

TOTILA (wird laut): Es ist mir ganz egal, ob Sie eine Windel tragen!

TARA: Ich werde niemals eine Windel tragen. Ich bin in meinem Leben so gedemütigt worden, immer wieder, von Anfang an, dass ich wenigstens in Würde sterben möchte.

TOTILA (vollkommen entnervt): Ausgezeichnet, ausgezeichnet.

TARA: Ich möchte nur jemanden dahaben, falls ich Gift nehme und ausspucke. Ich möchte nicht wieder aufwachen und habe kein Gehirn mehr, nur noch Breichen da oben.

Sie deutet zu Magda hinüber, die inzwischen in den Salon getreten ist.

TARA: Da ist Magdas Know-how gefragt.

TOTILA: Ich gehe jetzt! Sie sind ja wahnsinnig! Über Sterbehilfe können Sie tatsächlich nicht auf dem Auschwitzkongress reden! Und über Schönheitsoperationen auch nicht! Sie haben ja keine Ahnung, was man den Juden dort angetan hat!

44. Parkplatz Truckerraststätte. Außen. Tag.

Totos Volvo steht vor einer Truckerraststätte an einer vielbefahrenen Landstraße. Der Mops Gandhi ist im Wagen eingesperrt und bellt. Neben dem Volvo parkt ein Lkw neben dem anderen.

45. Truckerraststätte. Innen. Tag.

Toto und Zazie haben vor sich Milchshakes aufgebaut.
Sie sitzen an einem billigen Plastiktisch, von dem man das Schwarzwaldpanorama am dunkel werdenden Horizont betrachten kann.
Etwa die Hälfte der Tische ist mit Fernfahrern belegt. Tätowierungen, Schnurrbärte, Westernhüte und Lederjacken sind zu sehen.

ZAZIE: Toto, die Frau ist Jüdin! Sie war in Auschwitz! Wie können Sie sagen, dass sie weiß nischt, was man den Juden dort angetan hat!

TOTILA: Sie hat mich provoziert.

ZAZIE: Sie ist eine alte Dame.

Toto zeigt auf einen tätowierten Trucker mit Irokesenschnitt.

TOTILA: Das mag eine alte Dame sein! (Zeigt auf einen brutal aussehenden Hell's-Angel-Typen) Auch das mag eine alte Dame sein! Aber Frau Rubinstein ist ganz gewiss keine alte Dame!

ZAZIE: Balti findet, wir brauchen die!

TOTILA (höhnisch): Ach ja? Findet das der Balti?

ZAZIE (nickt): Ohne Rubinstein kommt Minister nischt. Ohne Minister kommt Presse nischt. Ohne Presse kriegen wir Subventionen nischt. Wir müssen um sie kämpfen.

TOTILA: Kämpfen um Subventionen, das ist wie Ficken für den Frieden.

ZAZIE: Isch glaube ja an Ficken für den Frieden. Und isch glaube auch an Ficken für Subventionen. Ehrlisch gesagt kann Ficken niemals ganz falsch sein.

TOTILA: Leute Ihrer Generation haben gar keine Skrupel mehr. Die wollen doch nur noch einen Job.

ZAZIE: Isch dachte, Sie sind es, der nur will eine Job. Den Job von Balti.

TOTILA: Sie halten jetzt einfach mal die Fresse.

ZAZIE: Na schön, halte isch eben meine Fresse.

Sie nuckelt gleichmütig an ihrer Erdbeermilch.

TOTILA: Ich bin Historiker! Ich habe gute Bücher geschrieben! Sehr gute Bücher! Und ich habe mich immer von dem Gedanken leiten lassen, dass nichts verwerflicher ist als die Kommerzialisierung von menschlichem Leid.

ZAZIE: Aber keiner mag Sie.

TOTILA: Werfe ich Hunde auf die Straße?

ZAZIE: Werfe isch Hunde auf die Straße?

TOTILA: Ja, natürlich.

ZAZIE: Na gut. Aber selbst wenn isch mal einen Hund auf die Straße werfe, trotzdem man mag misch, weil es mir leidtut, und weil es mir leidtut und weil isch auch sage, dass es mir leidtut, bin isch beliebt!

TOTILA: Ich sollte Leiter des Instituts werden, weil ich

der Beste war, nicht der Beliebteste. Ich hasse Leute, die beliebt sein wollen. Es geht in unserem Job nicht darum, andere Leute nicht zu unterbrechen. Sondern es geht darum, das Unglück zu lindern, das die Nazis in die Welt gebracht haben.

ZAZIE: Isch muss unbedingt mal was rischtig Gutes für Sie kochen.

TOTILA: Hören Sie auf, diesen Scheiß zu reden!

Zazie legt ihm die Hand auf die Schulter.

ZAZIE: Sie lassen sisch schon wieder provozieren.

Er biegt ihre Hand wütend zur Seite, drückt sie auf die Tischplatte.

ZAZIE (redet ungerührt weiter): Isch hingegen lasse misch nischt mehr provozieren, selbst wenn Sie mir weh tun.

Er lässt ihren Arm los.

ZAZIE: Isch finde alle Ihre Büscher süper, isch kann Sie sehr gut leiden und isch trinke jetzt in Ruhe mein Erdbeermilsch. Meine zweite Name ist Peace and Harmony.

TOTILA: Arschloch!

Er springt auf, außer sich vor Zorn.

Er hastet Richtung Toiletten und zieht im Gehen sein Handy aus der Tasche.

46. Tierarztpraxis. Innen. Tag.

Ein nackter Körper wird gestoßen. Leichte Schauer der Haut. Ein nicht perfekter, aber perfekt erregter Körper. Erst als ein Telefon klingelt und sich der Körper herumwirft, erkennen wir Hannah. Ihr Kopf ist rot, ihr Atem geht schnell. Im Hintergrund steht ein nackter Mann (38) auf und geht in die Unschärfe davon. Das Handy klingelt weiter, Hannah tastet neben der Couch, zieht das Telefon hervor.

HANNAH: Hallo, Schatz.

47. Truckerraststätte, Herrentoilette. Innen. Tag.

Toto spricht in sein Handy, betritt währenddessen den Waschraum einer leeren Herrentoilette. Auf einer Seite sind Pissoirs, auf der anderen Waschbecken angebracht.

TOTILA: Ich brauche dich.

HANNAH (Telefonstimme): Was ist passiert, Liebster?

TOTILA: Ein furchtbarer Tag. Bitte umarm mich.

Er lehnt sich gegen das mit Brettern verschlagene Fenster.

48. Tierarztpraxis. Innen. Tag.

Auf Hannahs Stirn zeichnet sich eine Sorgenfalte ab.

HANNAH (ins Handy): Jetzt beruhig dich erst mal.

Im Hintergrund hört man, wie eine Dusche aufgedreht wird. Hannah kneift die Augen zusammen, zieht Luft durch die Zähne, hält die Hand vor den Hörer.

TOTILA (Telefonstimme): Ist das eine Dusche? Ist das eine Dusche, Hannah?

49. Truckerraststätte, Herrentoilette. Innen. Tag.

Toto krallt sich an die Fenstergitter, kriecht fast ins Handy.

TOTILA: Wir haben ausgemacht, dass es Zeiten gibt. Und diese Zeiten bitte ich dich einzuhalten. Es ist sehr wichtig, dass man Zeiten einhält. Du fickst doch gerade, oder?

50. Tierarztpraxis. Innen. Tag.

Hannahs Blick wird leer und trostlos.

HANNAH (ins Handy): Wir wollten das doch nicht ausdiskutieren, bitte.

Aus dem Telefon hört man das Gebrüll von Toto.

TOTILA (Klagelaut): Mann!

Hannah fasst sich ein Herz.

HANNAH (ins Handy): Na schön, ja, aber es hat sich zufällig so ergeben …

51. Truckerraststätte, Herrentoilette. Innen. Tag.

Toto hämmert an das Fenster und schreit in das Handy.

TOTILA (laut): Ist das die neue Ordnung? Ist das die neue Ordnung, mit der du meinen Geist verstopfst? Während ich mich von einer Wahnsinnigen beleidigen lasse und unsere Tochter zum Stepptanz bringen muss, weil du ficken willst? Welche Geheimnisse gibt es denn noch?

52. Truckerraststätte, Frauentoilette. Innen. Tag.

Zazie sitzt auf der Frauentoilette. Sie hört durch die Wand die Schreie von Toto.

TOTILA (off): Welche Geheimnisse, Hannah? Analsex? Dunkelheit? Alkohol?

Zazie legt ihr Ohr an die Wand, ist sehr aufmerksam.

TOTILA (off): Was macht denn dein Patient gerade? Kann man einen Köter einfach so alleine lassen? Oder willst du mir weismachen, dass du gerade einen Köter fickst? Weil du Köter so magst?

53. Tierarztpraxis. Innen. Tag.

Hannah fängt an zu weinen.

HANNAH (leise ins Handy): Aber du weißt das doch …

54. Truckerraststätte, Herrentoilette. Innen. Tag.

Toto schlägt verzweifelt mit dem Kopf gegen die Wand, während zwei Fernfahrer die Toilette betreten.

TOTILA (schreit ins Handy): Ich weiß gar nichts! Wir haben ausgemacht, dass es Zeiten gibt! Wir haben ausgemacht, dass du ehrlich bist! Du sollst niemanden ficken in deiner Arbeitszeit!

Ein schwergewichtiger Trucker (55) schlurft zum Pissoir und uriniert. Sein Kumpel (40) legt den Waschbeutel auf die Waschablage und zieht seine Zahnbürste hervor.

TOTILA (schreit ins Handy): Du ziehst jetzt deinen Schlüpfer an! Du ziehst jetzt deinen Schlüpfer an! Ich will, dass du jetzt, in dieser Sekunde, deine Augen aufmachst und diesen Schlüpfer findest und ihn anziehst! Jetzt!

TRUCKER (dreht sich vom Pissoir zu Toto): Sag mal, geht's noch?

Toto fährt herum.

TOTILA: Stör mich nicht beim Telefonieren, dann stör ich dich nicht beim Pissen, Arschloch! (Zu Hannah) Hörst du, was ich dir sage …?

Der Trucker wendet sich an seinen Kumpel.

TRUCKER: Hat der mich Arschloch genannt? (Zu Toto) Hast du mich Arschloch genannt?

Toto deutet auf ein Eisernes Kreuz auf der Lederjacke des Truckers.

TOTILA: Du hast da verfassungsfeindliche Symbole auf deiner Herrentitte, da würde ich mich aber mal ganz schnell aus dem Staub machen.

Der Mann, ein riesenhafter Rocker, schüttelt seinen Penis in Ruhe ab, schließt den Hosenstall und greift dann Toto an, wirft ihn zu Boden.

Sein Kumpel beginnt ungerührt seine Zähne zu putzen, während der Trucker Toto nach allen Regeln der Kunst zusammenschlägt.

Die Toilettentür wird aufgerissen. Zazie steht im Türrahmen und starrt auf das brutale Geschehen. Der Kumpel nuschelt mit Zahncreme im Mund zu Zazie:

KUMPEL (Mannheimer Akzent): Hau ab, Mann! Iss'n Herrenklo!

ZAZIE: Das ist aber sehr feige, oh, là, là.

KUMPEL: Was 'n das für 'n scheiß Akzent? Bist du 'ne Nutte oder was?

Zazie mustert ihn wie einen ausgespuckten Apfel. Dann jedoch, ohne dass es nach Eile aussieht, streift sie die Schuhe ab, spannt die Handflächen an wie eine asiatische Kampfmaschine und geht in Jiu-Jitsu-Ausgangsstellung. Sie ist sehr ernst.

KUMPEL: He, da is 'ne Nutte oder was, Alex.

Er dreht sich zu dem Trucker um. In dem Moment schlägt Zazie ihm ins Gesicht. Die Zahnbürste zerbricht in seinem Mund. Er fällt zur Seite. Die zerbissene Zahnbürste schrubbelt über die Kacheln. Zazie stapft auf den Trucker zu, der sie verblüfft anstarrt. Sie tritt ihm mit aller Wucht ins Gesicht, hüpft nochmals über ihn und drischt dem Trucker den Fuß an den Schädel. Irgendein Knochen geht entzwei, der Mann sackt zur Seite.

Der Kumpel greift Zazie von hinten an. Sie schleudern auf den Boden. Ein Kampf entbrennt.

55. Tierarztpraxis. Innen. Tag.

Hannah ruft verzweifelt in ihr Handy, aus dem man Kampfgeräusche hört.

HANNAH: Was ist da los? Hör auf! Hör auf!

Sie kriegt einen hysterischen Weinkrampf. Aus der Dusche kommt der nackte Liebhaber gelaufen. Er ist noch nass vom Duschen. Er umarmt sie. Sie stößt ihn weg.

56. Truckerraststätte, Herrentoilette. Innen. Tag.

Die Toilettentür wird aufgerissen. Zwei Köche in Kochschürzen stehen in dem Raum.

KOCH: Was ist denn hier los?

Die beiden Lkw-Fahrer rappeln sich auf und hauen ab.

KOCH (zu Zazie): Sollen wir die Polizei rufen?

Zazie schüttelt nur den Kopf. Sie schaut zur Seite und sieht, dass Toto schwer mitgenommen ist. Sein Kopf ist übersät von Blutergüssen, die Lippe ist aufgeplatzt, im Wangenknochen blitzt ein tiefer Riss. Er spuckt Blut. Irgendwo liegt ein ausgeschlagener Zahn.

57. Truckerraststätte, Parkplatz. Außen. Tag.

Zazie stützt Toto, während sie auf den Volvo zuhumpeln. Es donnert. Der Himmel ist schwarz.

58. Truckerraststätte, Parkplatz. Außen. Tag.

Zazie schließt hastig den Volvo auf, schmeißt Toto auf den Beifahrersitz, rennt um den Wagen herum, steigt selbst ein. Gandhi bellt freudig.

ZAZIE: Hier.

Sie gibt ihm den blutigen Zahn, versucht den Motor anzulassen. Er blickt den Zahn an, kontrolliert seine Schneidezähne, schüttelt dann den Kopf und reicht ihn zurück. Es ist nicht seiner.

TOTILA: Was war das?

ZAZIE: Jiu Jitsu.

Er nickt, starrt nach draußen.

ZAZIE: Mama hat geglaubt an Ballett, und Papa hat geglaubt, dass Ballett nischts hilft in die Gaskammer.

Sie dreht den Schlüssel im Zündschloss. Der Motor springt an.

ZAZIE (leicht): Isch komme mehr nach Papa.

Der Wagen macht einen Satz nach vorne und kracht gegen einen Laternenmast.

ZAZIE: Pardon.

Sie legt den Rückwärtsgang ein und fährt los.

59. Gästewohnung Manfred, Gästezimmer Zazie. Innen. Nacht.

Toto sinkt, völlig durchnässt und blutend, auf ein weiches Bett. Er liegt im Gästezimmer von Zazie, auf der ausgezogenen Schlafcouch. Sie beugt sich über ihn.

Er schüttelt den Kopf.

TOTILA: Ich will nach Hause.

Sie zieht ihm seine Jacke aus. Draußen donnert es. Der Regen ist noch stärker geworden.

ZAZIE: Wenn man betrogen wird, dann will man nischt nach Hause.

TOTILA: Lassen Sie mich in Ruhe.

ZAZIE: Keine »Sie« mehr! Isch kann unmöglisch eine Mann ausziehen, zu dem isch sagen muss »Sie«.

TOTILA: Nicht ausziehen.

Sie zieht ungerührt weiter seine Jacke aus.

ZAZIE: Zwei mal nischt nach Hause! Eine Nacht weg und noch eine! Minimum! Da macht sisch der andere süper Sorgen. Dann denkt er: Ah merde, j'aurais dû me douter que ça allait foutre la merde!!

Sie zieht Toto das T-Shirt aus. Er ächzt vor Schmerzen.

ZAZIE: Isch kenn misch aus. Isch wurde schon so oft betrogen. Und isch hab auch betrogen un petit peu.

Er sinkt in das Kissen zurück, mit nacktem Oberkörper.

ZAZIE: Na ja, savoir vivre. Isch taste jetzt mal ab deine Rippen.

Ihre Hände bewegen sich geschmeidig über den geschundenen Leib.

TOTILA: Ich wurde nicht betrogen.

ZAZIE: Hast du Angst, dass isch Balti was sage? Rien! Meine zweite Name ist Mossad!

TOTILA: Hannah betrügt mich nicht.

ZAZIE: Weißt du was: Jetzt mach isch dir ein Bad in die beschissene Badewanne.

Er dreht sich weg, fängt an zu weinen.

Zazie bemerkt es.

TOTILA: Hannah betrügt mich nicht. Sie hat nur Sex mit jemand.

Zazie nickt verständnislos.

TOTILA (weinend): Also alles okay.

Zazie legt Toto die Hand auf die Schulter, sie wird sehr leise.

ZAZIE: Und betrügst du sie auch auf diese Art, äh … nischt? Isch meine, schläfst du auch so ehrlisch mit eine andere Frau?

TOTILA: Nein.

Sie steht auf, möchte unbeschwert wirken.

ZAZIE: Das kenn isch von Balti. Er schläft mit mir und mit seine Frau, isch darf aber nischt mit ihm und … und zum Beispiel mit dir schlafen.

TOTILA: Du willst mit mir schlafen?

ZAZIE: Mais non, Idiot. Isch habe doch nur gesagt »zum Beispiel«.

TOTILA (jämmerlich): Ich will nach Hause.

Es klingelt an der Tür. Zazie fährt herum.

ZAZIE (zu Toto): Oh merde. Keine Mücks.

Sie schlüpft aus ihrer Gästewohnung, zieht die Tür hinter sich zu.

60. Villa Manfred, Wintergarten. Innen. Nacht.

Zazie geht durch den Wintergarten auf die Terrassentür zu und sieht durch die Glasscheiben Balthasar, der ihr breit grinsend von draußen entgegenwinkt. Seine Kieferschiene und die Halsmanschette sind ab. Er hat einen Schirm dabei. Zazie lächelt gequält, biegt kurz, bevor sie die Tür erreicht, in den offen stehenden Salon ab, schiebt dort die Schuhe von Toto zur Seite.

Balthasar bemerkt indigniert, wie Zazie zurückkommt und die Tür des Wintergartens öffnet. Er schlüpft herein.

BALTHASAR: Warum machst du nicht auf?

ZAZIE: Isch mach doch auf.

Sie macht die Tür nicht hinter ihm zu.

BALTHASAR: Warum machst du nicht zu?

ZAZIE: Isch mach doch zu.

Sie schließt die Tür.

BALTHASAR: Warum sagst du denn gar nichts? Ich bin wieder heile.

Er zeigt ihr stolz sein wiederhergestelltes Gesicht.

ZAZIE: Chérie, c'est super. Aber isch bin gefallen.

Balti bemerkt den Schnitt in ihrem Gesicht.

BALTHASAR: Oje, du Arme. Willst du einen Tee?

ZAZIE: Was nützt denn ein Tee, wenn man ist gefallen?

BALTHASAR: Na ja, es gibt doch so, so … so Gleichgewichtstees.

Sie dreht sich weg.

ZAZIE: Es tut mir so leid.

BALTHASAR: Was tut dir leid?

ZAZIE: Mein Kopf, Balti. Isch glaube, isch muss jetzt allein sein, mon chérie.

Balti nickt lächelnd, will an ihr vorbei, aber sie versperrt den Weg.

BALTHASAR: Ich werd dich pflegen. Meine Frau ist krank.

Er wählt den Gang hinüber in den …

61. Villa Manfred, Salon. Innen. Nacht.

… Salon von Manfred, dessen Tür offen steht. Zazie kommt ihm nervös hinterher. Sie sieht sofort, dass die Schiebetür zu ihrer Gästewohnung nicht ganz geschlossen ist. Sie kann Toto durch den Schlitz sehen.

ZAZIE: Aber dann musst du doch deine Frau pflegen.

BALTHASAR: Ja, aber sie schläft.

Er bleibt in der Mitte des Raumes stehen, wirft sein Jackett auf einen Sessel.

ZAZIE: Isch werde auch schlafen, aber nischt mit dir, okay?

BALTHASAR: Natürlich. Aber … du weißt, wie sehr ich dich vermisse.

Sie geht hinüber zur Schiebetür, macht sie hastig zu.

ZAZIE: Das ist schön, chérie.

BALTHASAR (folgt ihr bis an die Tür, ist ihrem Gesicht nah): Wollen wir, kann ich mir …

ZAZIE: Was?

BALTHASAR (ist ihm etwas peinlich): Kann ich mich zu dir legen, und du guckst, wie ich mir ganz langsam einen runterhole?

Zazie wirkt konsterniert, wendet ihren Kopf wie eine Eule, direkt hinter der Schiebetür weiß sie Toto.

ZAZIE: Scht, chérie, wir wollen nischt über das reden.

BALTHASAR: Warum denn nicht? Hier hört uns doch keiner. Schau mal, mein Kinn. (er klappt es stolz hoch und runter) Ich kann dich auch wieder wie ein Honigtöpfchen auslecken …

ZAZIE (unterbricht ihn streng): Balti! Das war heute ein schlimmer Tag mit viel Holocaust und Mercedes Benz und lauter schrecklische Sachen. Willst du, dass es mir geht schlescht?

BALTHASAR: Um Gottes willen nein. Was ist denn passiert? Wie war es mit der Rubinstein? Sag doch endlich!

62. Gästewohnung Manfred, Gästezimmer Zazie. Innen. Nacht.

Toto nimmt sein Ohr von der Schiebetür. Er blickt sich nun zum ersten Mal genauer im Zimmer um: ein etwas nachlässig gepflegter Raum, dessen Boden von Büchern getüpfelt ist. Ein kleiner, von Papier überbordender Schreibtisch steht am großen Spiegel, gekrönt von einer Flasche Mineralwasser. Er schleppt sich hinüber, nimmt die Mineralwasserflasche und trinkt, was ihm Schmerzen verursacht.
Auf dem Tisch liegen auch Schminksachen herum. Am Spiegel hängen verschiedene Schmuckketten. Er fasst eine Kette an, betrachtet sie, setzt sich dann an den Tisch. Er öffnet ein Schminktöpfchen, schnuppert. Mehrere Lippenstifte fallen heraus. Er öffnet einen Lippenstift.
Plötzlich fällt sein Blick auf ein aufgeschlagenes Buch. Er runzelt die Stirn.
Vom Nebenraum hört man das leise Gespräch zwischen Zazie und Balti, ohne die Worte zu verstehen. Toto holt sich das Buch heran, schlägt die Titelseite auf: KLASSISCHES GYMNASIUM ZU RIGA 1920–1939.
Er erschrickt, blickt sich um, immer verwirrter. Er blättert die Seiten durch. Auf einem Foto bleibt er hängen: Das Schwarz-Weiß-Foto eines Abiturienten der zwanziger Jahre: Jackett, Fliege, Mütze. Ein trotziger Blick, kühl und ernst (Woldemar, 21).
Eine Seite später sieht er dann das Porträt einer Abiturientenklasse der zwanziger Jahre. Ein Mädchen mit Zöpfen. Und denselben jungen Mann, den Toto auf dem Einzelporträt betrachtet hat.

Er schlägt das Buch zu. Auf dem Buchumschlag entdeckt er eine handschriftlich eingetragene Telefonnummer.
Sein Blick wird finster.
Er bemerkt auf dem Tisch DIN-A4-Seiten, die er überfliegt.
Er zerknüllt eine Seite. Dann greift er die Lippenstifte.

63. Villa Manfred, Salon. Innen. Nacht.

Balti macht sich zum Aufbruch bereit, zieht sein Jackett wieder an, wirkt alles andere als begeistert.

BALTHASAR: Glaubst du, ich kann dich einfach so allein lassen?

ZAZIE (vertröstend): Morgen es geht wieder besser.

Balti nickt. Plötzlich hört man ein dumpfes Geräusch aus dem Nebenraum, als wäre jemand gefallen.

BALTHASAR: Was war das?

Zazie befeuchtet sich die Lippen, ihr Blick bekommt etwas Panisches.

ZAZIE: Was?

BALTHASAR: Da war doch was.

Ohne auf ihre Reaktion zu warten, eilt er hinüber zur Schiebetür. Er schiebt sie auf …

64. Villa Manfred, Schlafzimmer Zazie. Innen. Nacht.

… und betritt die Gästewohnung. Hinter ihm schleicht Zazie argwöhnisch ins Zimmer.
Verwirrt bleiben sie beide stehen und starren auf den gro-

ßen Spiegel. Jemand hat mit riesigen Buchstaben geschrieben: JETZT KANNST DU DIR EINEN RUNTERHOLEN!
Vor dem Spiegel liegen diverse Lippenstifte, die offensichtlich zum Schreiben benutzt wurden.

BALTHASAR (liest verständnislos): Jetzt kannst du dir einen runterholen?

Zazie blickt sich um.
Die Tür zum Wintergarten steht auf, dahinter klappert ein offenes Fenster. Die Kleidung von Toto liegt noch auf dem Stuhl.
Zazie schreitet zu dem Stuhl und nimmt die Kleidungsstücke, ohne dass es Balti bemerkt, und geht mit ihnen …

65. Villa Manfred, Wintergarten. Innen. Nacht.

… hinüber in den Wintergarten. Sie feuert die Klamotten einfach aus dem offenstehenden Fenster.

BALTHASAR (off-screen): Woher wusstest du, dass ich mir einen runterholen möchte?

ZAZIE (ohne sich umzusehen): Ah, mon chou, wir sind uns so nah.

Sie schließt das Fenster und blickt in die dunkle Regennacht hinaus. Toto ist nicht mehr zu sehen.

BALTHASAR (off-screen): Gut ist das, sehr gut.

In der Ferne hört man, wie ein Motor startet.

ZAZIE (tonlos): Ja, déshabille-toi!

66. Haus Blumen. Außen. Tag.

Totale und Details von Haus Blumen außen.
Die Sonne geht auf.

67. Haus Blumen, Schlafzimmer. Innen. Tag.

Ein Lichtstrahl trifft das geschlossene blaue Auge von Toto. Wir sehen groß den Mund von Toto. Der Mund sagt:

TOTILA: Wie spät ist es?

Hannah liegt neben ihm auf dem gemeinsamen Ehebett. Beide liegen sehr starr unter ihren Bettdecken. Das Kopfkissen von Hannah ist weiß. Das Kopfkissen von Toto ist blutbeschmiert. Seine Gesichtswunde blutet wieder.

HANNAH (sanft): Bitte verzeih mir.

Zwischen ihnen sitzt der Mops Gandhi. Er trägt einen neuen Gesichtsverband und eine weiße Halsmanschette. Toto blickt den Mops an, der traurig zurückblickt.

TOTILA: Schon gut.

HANNAH: Ich bin auch nicht sauer.

TOTILA: Warum solltest du sauer sein?

Hannah hebt die Hand und zeigt ihm einen ausgeschlagenen Zahn, den sie zwischen Daumen und Zeigefinger hält.

HANNAH: Hat Sarah vorhin gefunden, neben dem Steuerknüppel.

TOTILA (blickt schweigend auf den Zahn)

HANNAH: Ich finde es nicht so gut, dass Sarah Zähne findet in meinem Auto.

TOTILA: Meine Praktikantin kann Jiu Jitsu.

HANNAH: Und wieso fährt da die Verrückte mit?

TOTILA: Weil es ein Volvo ist.

Hannah blickt fragend zu ihm.

TOTILA: Der Volvo kommt aus Schweden. Und Schweden war neutral im 2. Weltkrieg.

HANNAH: Aha.

TOTILA: Kein Jude wurde in einem Volvo vergast.

HANNAH (schweigt)

TOTILA: Deshalb fährt da die Verrückte mit.

Hannah mustert ihren Mann besorgt. Sie beugt sich zu ihm und zieht sanft seine Bettdecke zur Seite. Man sieht, dass er nackt unter der Decke liegt und mit beiden Armen das Jahrgangsbuch umklammert und an seine Brust drückt: *Klassisches Gymnasium zu Riga*.

HANNAH (leise): Was ist das für ein Buch, Toto?

Toto schweigt.

HANNAH: Wieso kommst du hier mitten in der Nacht an, blutend, mit diesem Zahn, mit diesem Buch, und Gandhi hat ein Schädeltrauma?

Toto schüttelt den Kopf, kämpft mit den Tränen.

HANNAH: Ich kann damit aufhören. Ich kann damit aufhören, wenn es dir so weh tut.

Beide wissen, was mit dem Satz gemeint ist.

TOTILA: Nein. Das will ich nicht. Halt dich an die Zeiten, dann kommen wir klar.

Er steht mühsam auf, hinkt mit dem Buch aus dem Schlafzimmer, ohne sie anzusehen.

Hannah bleibt zurück, den unglücklichen Blick in die Ferne gerichtet.

68. Zentrale Stelle Ludwigsburg, Eingangspforte. Innen. Tag.

Toto kommt in die Eingangspforte der Zentralen Stelle gehumpelt. In seiner Hand hat er nichts weiter als das alte Jahrgangsbuch.
Hinter einer Panzerglaskabine sitzt der Pförtner (60).
TOTILA: Grüß Gott.
Der Pförtner blickt erstaunt auf. Toto ist von Blutergüssen, der geschwollenen Lippe und einer Platzwunde am Wangenknochen gezeichnet.
PFÖRTNER: Heiligs Blechle.
Toto blickt den Pförtner streng an.
Der drückt auf einen Knopf.
Die Sicherheitstür springt auf.
Hinter der Sicherheitstür sieht Toto Magda, die Haushaltshilfe von Tara Rubinstein.

69. Zentrale Stelle Ludwigsburg, Büro Thomas. Innen. Tag.

Tara Rubinstein sitzt vor dem Schreibtisch von Balti, reglos wie ein Eisschrank. Auch Balti ist blass.
BALTHASAR: Danke, dass Sie sich herbemüht haben.
TARA (blickt sich um): Manfreds Büro?
BALTHASAR (steht auf und kommt auf sie zu): Ja, unser Oval Office sozusagen. Wenn ich Sie einmal umdrehen dürfte.
Er dreht ihren Rollstuhl um und zeigt ihr die Wand hinter ihr. Ein riesengroßes Foto von Norkus hängt an der Wand.

TARA: Nein, ich werde das nicht machen. Da können Sie mir noch tausend Jahre dieses Foto zeigen.

Balthasar bleibt hinter ihr stehen.

BALTHASAR: Ich verstehe Sie. Aber dann ist dieses wichtige Projekt gefährdet.

TARA: Meine Zusage war an Manfred gebunden.

BALTHASAR: Ich kann Ihnen versichern, dass dieser Kongress die besten Fachhistoriker versammeln wird.

Tara tippt sich an die Stirn.

TARA: Hier drin sind alle meine Schmerzen verzeichnet.

Balti nickt seufzend.

TARA: Ich sterbe bald. Aber vielleicht sollten Schmerzen erinnert werden. Deshalb teile ich die Erinnerung mit Leuten, die wissen, was ein Schmerz ist.

Balthasar dreht den Rollstuhl wieder dem Schreibtisch zu, zu dem er geht.

BALTHASAR: Aber das wissen wir doch. Dafür werden wir bezahlt.

TARA: Nein, für Schmerzen wird man nicht bezahlt. Vielleicht für die Verwaltung von Schmerzen. Die ss-Leute in Auschwitz wurden auch für die Verwaltung von Schmerzen bezahlt.

BALTHASAR: Sie wollen diese Institution doch nicht mit einem Konzentrationslager vergleichen?

TARA: Mich interessieren keine Institutionen. Es gibt keine guten Institutionen.

BALTHASAR: Also ich glaube schon, dass das hier eine wirklich gute Institution ist.

TARA: Es gibt keine guten Institutionen. Und man ist kein guter Mensch, weil man in einer guten Institution arbeitet. Das Einzige, was mich interessiert, sind arme Schweine. Manfred war ein armes Schwein.

Sie lächelt Balti fast wohlmeinend an.

TARA: Mit Ihnen rede ich überhaupt nicht mehr. Sie wären beim SD ein sehr guter Mitarbeiter gewesen.

BALTHASAR (ignoriert die Beleidigung): Könnten Sie nicht wenigstens einen Vortrag halten? Keine Schirmherrschaft. Nur ein Vortrag. Es war doch ein Herzensprojekt auch von Manfred.

Sie überlegt, hält den Kopf schief, als lausche sie einer verborgenen, aus dem Inneren kommenden Melodie. Sie mustert die Einrichtung.

Balti lächelt gequält. Tara scheint über etwas nachzudenken.

TARA: Kennen Sie Kasimir Zweiselstein?

BALTHASAR: Kasimir Zweiselstein?

70. Zentrale Stelle Ludwigsburg, Bibliothek. Innen. Tag.

Der Saal ist menschenleer. Nur Zazie sitzt an einem Tisch und arbeitet. Toto bleibt vor ihr stehen.

Er legt das halbzerstörte, von Wasserflecken und Schmutz gegerbte Buch vor sie auf den Tisch.

TOTILA: Seite vierunddreißig!

Sie zögert.

Ihre Finger brauchen eine Weile. Dann blickt sie auf das Porträt des jungen Mannes in Fliege.

Toto beobachtet sie, während sie das Bild betrachtet.

TOTILA: Sie wissen, wer das ist, oder?

ZAZIE: Waren wir nischt beim Du?

TOTILA: Sie arbeiten hinter meinem Rücken an einer Studie über meinen Großvater?

Sie schweigt, schließt das Buch wieder.

TOTILA: Sie lassen sich von Ihrem Freund in mein Institut holen, um mich zu benutzen? Und sagen mir kein Wort?

ZAZIE: C'est pas la même chose.

TOTILA (deutet auf das Buch): Jahrgangsbuch 1929! Deutsches Gymnasium Riga! Lag auf Ihrem Tisch! In Ihrer Wohnung! Mit einem Aufkleber auf Seite vierunddreißig!

ZAZIE: Standartenführer Blumen ist ein bekannter Täter.

TOTILA: Ich kannte diesen Mann sehr gut. Bin bei ihm aufgewachsen. Es steht Ihnen nicht zu, ohne meine Einwilligung Material über meinen Großvater zu sammeln!

ZAZIE: Isch wollte es Ihnen sagen.

TOTILA: Ach ja? Wann denn?

ZAZIE: Bald.

TOTILA: Wollten Sie auch bald sagen, dass Sie meinen Bruder angerufen haben? Das hier ist seine Telefonnummer!

Er pocht mit dem Zeigefinger auf die Telefonnummer, die auf das Titelblatt geschrieben wurde.

ZAZIE (kleinlaut): Sie können Ihren Bruder fragen, isch habe ihn nischt angerufen.

TOTILA: Ich kann meinen Bruder nicht fragen! Der redet nicht mit mir. Ich habe selbst etwas über meinen Großvater geschrieben.

ZAZIE: Ein süper Buch.

TOTILA: *10 000 Morde!*

ZAZIE: Ein süper Titel.

TOTILA: Dieser super Titel hat dazu geführt, dass meine Familie mit mir gebrochen hat! Ich bin für die Abschaum! Hundescheiße!

Zazie ist den Tränen nah.

ZAZIE: Isch kenne Sie schon lange. Viel länger, als Sie denken. Bitte setzen Sie sisch. Setzen Sie sisch doch. Sie müssen misch nischt anspucken.

Toto lässt sich ihr gegenüber auf einem Stuhl nieder. Er wirkt müde.

TOTILA (leise): Ausgerechnet Ihnen habe ich was sehr Intimes anvertraut.

ZAZIE: Isch werde es niemals verraten. Auch Balti nischt. Meine zweite Name ist Schnauzehalten.

TOTILA: Ihr zweiter Name ist Hafennutte.

ZAZIE: Meine zweite Name ist Rosencranz.

Er blickt auf.

TOTILA: Bitte?

Sie schiebt ihm das Buch herüber.

ZAZIE: Seite sechsunddreißig.

Er schlägt argwöhnisch das Buch auf, sucht die Seite sechsunddreißig. Er entdeckt: Das Schwarz-Weiß-Foto eines hübschen, dunklen Mädchens. Er blickt das Gesicht ungläubig an, liest einen Namen.

TOTILA (liest): Rebecca Rosencranz?

ZAZIE: Meine Omi.

Sie dreht eine weitere Seite um. Nun erkennen wir wieder das Klassenfoto der Abiturientenklasse aus den zwanziger

Jahren. Ihr schlanker Zeigefinger tippt auf einen jungen Mann.

ZAZIE: Ihr Opa.

Sie zeigt auf das einzige Mädchen der Klasse, die hübsche Rebecca mit dem offenen, kecken Blick.

ZAZIE: Meine Omi.

TOTILA: Die waren in einer Klasse?

Zazie nickt. Er springt auf, so heftig, dass der Stuhl umfällt. Er verlässt die Bibliothek.

71. Zentrale Stelle Ludwigsburg, Institutsgarten. Außen. Tag.

Toto steht im Garten des Instituts. Hinter ihm ist ein Malermeister (50) damit beschäftigt, ein weißes Holzhäuschen mit roter Ölfarbe anzustreichen.

Zazie nähert sich Toto vorsichtig. Sie ist aufgewühlt. Das Buch hält sie in der Hand.

Er dreht sich nicht um.

TOTILA: Wenn Sie näher kommen, schlage ich zu.

Zazie bleibt stehen.

TOTILA: Sie wissen, wer in Riga für die Gaswagen verantwortlich war?

ZAZIE: Ja, isch weiß.

Ihre Stimme ist nur noch ein Hauch.

TOTILA: Warum sind Sie hier?

ZAZIE: Um Sie kennenzulernen.

TOTILA: Sie wollen hier ein Jahr bleiben, bei Ihrem Liebhaber, um mich kennenzulernen?

ZAZIE: Und Ihren Großvater.

Er dreht sich zu ihr um. Sie wirkt so unsicher und zerbrechlich wie noch nie.

ZAZIE: Alle Juden aus seiner Schule wurden umgebracht. Dursch ihn. Und dass Omi in seine Klasse ging, das weiß isch dursch diese Buch.

TOTILA: Warum haben Sie das nicht gesagt?

ZAZIE: Wenn isch gesagt hätte, he, Ihr Opa hat vielleischt meine Omi umgebracht, na, isch denke ... (Sie lächelt unglücklich) ... isch bin mir nischt sischer, ob wir uns dann so süper kennengelernt hätten.

Er blickt zur Seite. Zu den Sträuchern, die erste Knospen treiben.

TOTILA: Mein Großvater hat Ihre Großmutter nicht vielleicht umgebracht. Er hat sie ganz sicher umgebracht.

Zazie kommen die Tränen, ohne dass das Lächeln verschwindet.

ZAZIE: Ja, schade, dass Omi kein Jiu Jitsu konnte.

TOTILA: Ihre Banalität widert mich an! Sie hätten niemals hierherkommen dürfen.

ZAZIE: Bitte reden Sie mit mir! Bitte!

Er blickt sie düster an.

Charlene öffnet ein Fenster und beugt sich heraus.

CHARLENE: He, ihr Turteltäubchen! Sonderkonferenz. In zehn Minuten beim Chef!

Totila: Firmenevents? In diesen Räumen? Vor Fotos wie diesen?

Q - T
U - Z

Totila: Ich soll mich nicht im Griff haben?

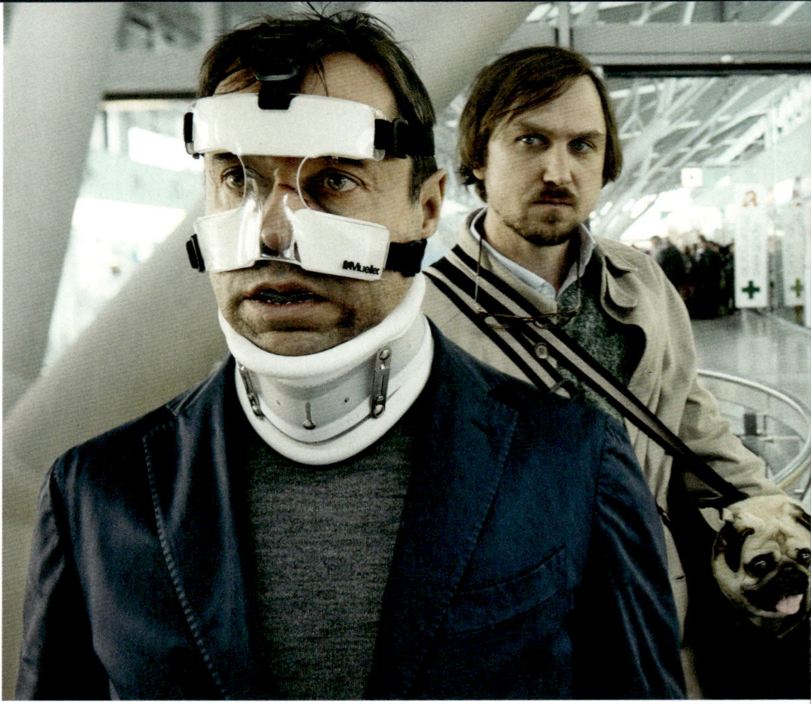
Mueller

Balthasar: Glaub mir, es wäre mir lieber, wenn Manfred seinen Mops noch selber tragen könnte.

Totila: Sie kann auch kastrieren. Und einschläfern und alles.
Zazie: Sie haben eine super Frau.

Zazie: ...isch bin genau in das Alter wie meine Oma, als sie vergast wurde. In eine Mercedes-Transporter. Hat auch hinten viel reingepasst.

P

Hannah: Ausgerechnet jetzt, wo deine Mutter mal da ist, musst du dich konzentrieren?

Zazie: Luigi ist nämlich gar kein Pizzafahrer. Er ist Drogenhändler.

Zazie: Wer das wohl war? Er sieht so süß aus.
Totila: Das ist Adolf Hitler als Baby.
Zazie Unglaublich. Isch hätt ihn glatt adoptiert.

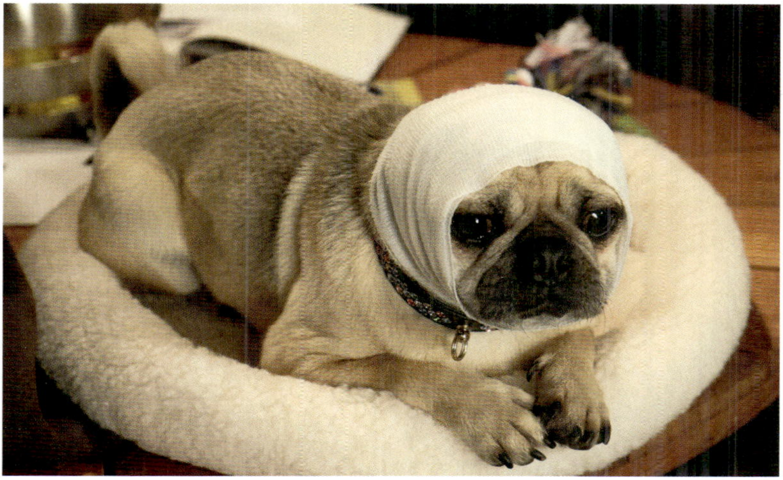

Totila: In Deutschland schmeißen wir nichts aus dem Auto.
Nicht mal 'n Kaugummi.

Zazie: Isch wurde schon so oft betrogen. Und isch hab auch betrogen, un petit peu.
Totila: Hannah betrügt mich nicht. Sie hat nur Sex mit jemand.

Hannah: Wieso kommst du hier mitten in der Nacht an, blutend, mit diesem Zahn, mit diesem Buch, und Gandhi hat ein Schädeltrauma?

Totila: Sie arbeiten hinter meinem Rücken an einer Studie über meinen Großvater?

Zazie: Isch bin nur wegen dir hier.

Tara: Es gibt keine guten Institutionen. Und man ist kein guter Mensch, weil man in einer guten Institution arbeitet. Sie wären beim SD ein sehr guter Mitarbeiter gewesen.

Action' Euro

Sarah: Mami, man legt nicht seine Unterhose auf den Tisch.

Totila: Das ist alles sehr traurig.
Zazie: Ja, ein wenig traurig ist es schon.

Zazie: Isch hab's dir gesagt. Extrem gestört.

Zazie: Hast du das gehört?
Totila: Ja, irgendwas war da.
Zazie: Der Eisprung.

Zazie: Was machst du hier?
Totila: National Center for Integration.
Zazie: Süper. Holocaust?
Totila: Nein. Genocide Studies. Habe umgesattelt.
Die Indianer wurden ja auch ausgerottet.

72. Zentrale Stelle Ludwigsburg, Konferenzraum. Innen. Tag.

Der Konferenzraum ist vollbesetzt. Die Stimmung ist betreten. Wir sehen Charlene Morgenrot, den dicken Bächle, Frau Koldewey, Frau Molewsky, Herr Oglodu, sowie zwei weitere wissenschaftliche Hilfskräfte. Zazie und Toto sitzen nebeneinander.

An der Stirnseite präsidiert Balti der Versammlung. Seine Stirn ist umwölkt. Er schaut in seine leere Tasse, als könne er dort etwas Wichtiges vorfinden. Schließlich hebt er den Blick.

BALTHASAR: Gut. Dann will ich es mal für alle ganz deutlich sagen.

Er greift zu der leeren Tasse und dreht sie um. Dann trommeln seine Finger darauf.

BALTHASAR: Der gesamte Auschwitzkongress ist gefährdet. Frau Rubinstein wird als Schirmherrin zurücktreten. (Zu Toto) Darf man fragen, was du mit der Dame angestellt hast?

TOTILA: Ich habe nichts mit ihr angestellt.

BALTHASAR: Sie hat keine Ahnung, was man den Juden in Auschwitz angetan hat? Hast du das gesagt?

ZAZIE: Das hat er nischt so gemeint.

BALTHASAR: Ach ja? Was hat er denn gemeint?

TOTILA: Er hat gemeint, dass er nicht mit ihr über ihre Nase sprechen will.

BALTHASAR: Worüber will man denn sonst sprechen mit einer Schauspielerin?

Schweigen.

BALTHASAR: Das war der letzte Wunsch von Manfred, dieser Kongress. Mit Tara Rubinstein. Das ist sein wissenschaftliches Vermächtnis. Und Manfreds Vermächtnis ist uns eine Verpflichtung.

TOTILA: Ach ja? Ich sehe hier nirgendwo seinen Jasmintee! Ehrlich gesagt sehe ich nicht mal seine Jasminteetasse.

Er blickt zu dem Platz, der immer noch frei ist, allerdings fehlt die obligatorische Tasse.

BALTHASAR: Dein Sarkasmus ist jämmerlich. (Er schnaubt angewidert) Du hast vor vier Jahren Kasimir Zweiselstein interviewt?

TOTILA: Und wenn?

BALTHASAR: Die Rubinstein kennt ihn aus Auschwitz. Macht nur mit, wenn Zweiselstein mitmacht. Wir sind mit ihm in Kontakt. Er lebt in Wien. Du fliegst rüber.

TOTILA: Bist du dir da so sicher?

BALTHASAR: Er kennt dich. Frau Lindeau begleitet dich.

TOTILA: O nein, das tut sie nicht.

BALTHASAR: Gut, dann begleitest du sie.

ZAZIE: Balti, was soll das?

BALTHASAR: Frau Lindeau erhält den Auftrag.

TOTILA: Eine Praktikantin?

BALTHASAR: Sie sieht nicht aus wie Hackfleisch, Toto. Du kannst da nicht alleine hin.

TOTILA: Du bist wahnsinnig.

Balti beugt sich erbost nach vorne. Seine Stimme wird leise und scharf.

BALTHASAR: Manfred hat dir das schon gesagt, und ich

wiederhole es hier vor allen Mitarbeitern: Du hast schwere persönliche und psychische Probleme. Ich dulde nicht länger, dass die hier den Betriebsablauf stören. Der Auschwitzkongress wird jetzt durchgezogen.

TOTILA: Das mag sein. Aber ganz sicher ohne mich.

Er steht auf.

TOTILA: Und ob es klug ist, eine solche Verantwortung einer Mitarbeiterin zu übertragen, mit der man in einem sexuellen Verhältnis steht, das musst du beurteilen.

Balti ist wie vom Donner gerührt.
Selbst Zazie steht der Mund offen.
Niemand rührt sich.
Toto dreht sich um und verlässt den Raum.

73. Zentrale Stelle Ludwigsburg, Institutsgarten. Außen. Tag.

Toto tritt aus der Hintertür des Instituts in den Institutsgarten hinaus. Er stapft entschlossen davon.
Mit einigem Abstand stürzt ihm Zazie hinterher

ZAZIE (ruft): Toto!

Toto geht weiter.

ZAZIE: Willst du, dass er dich feuert?

TOTILA: Wegbleiben!

ZAZIE: Ist meine Schuld. Werd ihm alles sagen!

TOTILA: Wegbleiben, wegbleiben!

ZAZIE: Isch sag ihm, dass isch nur hier bin wegen dir. Isch bin nur hier wegen dir!

TOTILA: Hau ab!

Sie hat ihn am weißen Holzhäuschen eingeholt, hält ihn fest.

ZAZIE: Wir müssen reden! Wir müssen über unsere Großeltern –

Er wirbelt herum, unterbricht sie.

TOTILA: Wir müssen gar nichts! Sie haben mit meinem Leben nichts zu tun! Gehen Sie zurück ins Froschfresserland! Auf Wiedersehen!

Er dreht sich um und stapft weiter Richtung Ausgang. Zazie hat mit der Reaktion nicht gerechnet. Sie bleibt zurück, starrt ihm zornig nach, geht drei Schritte hinüber zu dem Malermeister, der das Holzhäuschen anpinselt, reißt ihm den Farbtopf weg.

ZAZIE (ruft Toto hinterher): Du hast mit meinem Leben zu tun!

Sie gießt sich den gesamten Farbtopf über den Kopf. Der Maler starrt sie nur an, während der Liter rote Farbe über ihren Kopf auf Gesicht, Kleidung und den Weg tropft.

ZAZIE: Du hast mit meinem beschissenen Leben zu tun!

Toto dreht sich um, erschrickt, rennt zu Zazie.

TOTILA: Was machen Sie denn für einen Blödsinn, verdammt!

Er erreicht sie.

TOTILA: Mein Gott, da sind doch bestimmt Lösungsmittel drin. Wollen Sie blind werden?

ZAZIE: Ich bin nur wegen dir hier!

Er reißt sich seine Oberbekleidung vom Leib, um ihr die Farbe vom Gesicht zu wischen.

TOTILA: Okay.

ZAZIE: Isch will mit dir reden!

TOTILA: Okay.

ZAZIE: Isch will über deinen Opa reden.

TOTILA: Okay. Ich bringe Sie erst mal nach Hause.

Er sieht, dass Frau Koldewey erstaunt ihren Kopf aus dem Fenster streckt.

TOTILA (zu Koldewey): Kleiner Stolperer! Ich bringe sie nach Hause.

ZAZIE: Isch sehe gar nischts mehr.

TOTILA: Lassen Sie die Augen geschlossen.

Er nimmt sie an die Hand, führt sie weg.

Der Malermeister blickt ihnen nach.

74. Chinarestaurant. Innen. Nacht.

Toto wartet in einem feinen, vollbesetzten Chinarestaurant. Vor sich hat er viele angeschmuddelte Aktenordner abgelegt, die er durchblättert.

Er blickt auf. Zazie steht vor ihm. Er hat sie nicht kommen sehen. In ihren Haarspitzen, an den Wimpern und Augenbrauen sind noch rote Farbreste zu ahnen.

ZAZIE: Bonsoir.

Zazie sieht entspannt aus. Sie blickt auf die Aktenberge, die so hoch und breit sind, dass der ganze Tisch nahezu unbenutzbar wirkt.

ZAZIE: Oh, là, là! Du hast disch vorbereitet.

Sie setzt sich.

TOTILA: Wir wollten reden.

ZAZIE: Ja, aber isch dachte, wir lassen das Berufliche mal.

TOTILA: Sie wollten –

ZAZIE (unterbricht ihn): »Du« ... das geht nur mit »du«.

TOTILA: ... du wolltest über unsere Großeltern reden.

ZAZIE: Unsere Großeltern sind was Beruflisches? Isch dachte, eher was Persönlisches.

TOTILA: Beides.

ZAZIE: Bon, wir reden die ganze Abend über sie. Aber isch möschte, dass wir uns vornehmen totale Ehrlischkeit. Dass wir absolut ehrlisch sind. Isch denke, nur so können sisch unsere Seelen auch berühren.

Toto wirkt alarmiert, atmet tief ein, betrachtet sie konzentriert.

TOTILA: Okay.

ZAZIE: Ehrlisch?

TOTILA: Ehrlich.

ZAZIE: Bon. Darf isch dir auch was ganz Ehrlisches sagen?

Toto blinzelt. Er ist gestresst.

TOTILA: Bin auf alles vorbereitet.

ZAZIE: Ja, also es irritiert misch so, dass isch, bitte versteh misch nischt falsch, dass isch dir gegenüber so, so, so Vorstellungen habe. Also körperlische Vorstellungen.

Toto starrt Zazie nur an.

ZAZIE: Das ist ja psychologisch auch mehr als verständlich ... na ja, wie das Stockholm-Syndrom ... oh, là, là, das ist mir wirklisch peinlisch. Aber es quält misch auch. Es tut mir wirklisch leid.

TOTILA: Wollen wir bestellen?

Er gibt der chinesischen Kellnerin (38), die in einer Wolke

anderer Gäste steht, ein Zeichen. Zazie beugt sich vor, ihre Stimme wird leiser.

ZAZIE: Hast du denn auch körperlische Vorstellungen? Weißt du, was isch meine? Also eroti–

TOTILA (unterbricht sie): Du sagst mir, dass mein Großvater deine Großmutter getötet hat, und fragst mich dann, ob mich das anturnt?

ZAZIE: Das habe isch nischt gesagt. Du wirst so schnell aggressiv. Unglaublich.

Die Kellnerin kommt und dienert sich devot zu ihnen herab.

KELLNERIN: Ja bitte?

ZAZIE (zu Toto): Wollen wir nehmen eine Reisschnaps?

TOTILA: Nein. (Zur Kellnerin) Ein Wasser bitte.

ZAZIE: Du willst mit mir Wasser trinken, weil isch von meine tiefe Unbewusste kriege komische Signale?

TOTILA (gereizt): Ich will einfach nur ein Wasser haben. Ich bin in einem Restaurant und will ein Wasser haben, oder ist das nicht in Ordnung, ein Wasser zu haben in diesem Restaurant?

Die Kellnerin blickt ohne jeden Ausdruck ihre Gäste an. Sie scheint Kummer gewohnt zu sein.

ZAZIE (ohne Punkt und Komma): Isch glaube, du willst gar kein Wasser haben, du willst total eine Reisschnaps haben, aber irgendwas in deine Kopf zwingt disch, Wasser zu haben, weil du Angst hast, am Ende wegen dem Reisschnaps zu landen mit mir im Bett, aber vielleischt landest du auch mit mir im Bett, wenn du Wasser hast, deshalb nehmen wir doch einfach eine Bier.

KELLNERIN: Ich kann später auch … äh … noch mal wiederkommen.

TOTILA: Nein, ein Bier.

ZAZIE: Zwei.

Die Kellnerin nickt und zieht sich zurück. Toto ist noch stärker gestresst. Zazie lächelt gewinnend.

ZAZIE: Danke. Das ist sehr wischtisch, dass wir nehmen das gleische Getränk.

TOTILA: Gute Güte.

ZAZIE: Du kennst doch die Opferkind-Täterkind-Theorie? Maréchal? Ganz viele Opferkinder wollen mit die Täterkinder schlafen, um so unbewusst eine Versöhnung zu erzwingen mit das eigene Über-Isch?

TOTILA (angestrengt sanft): Ich versuche wirklich, dich ernstzunehmen, Zazie. Aber dazu ist notwendig, dass wir jetzt über unsere Großeltern sprechen.

ZAZIE: Warum sollen wir nischt über uns spreschen?

TOTILA: Du willst über Sex sprechen.

ZAZIE: So what?

TOTILA: Wir sind Holocaustforscher!

ZAZIE: Müssen Holocaustforscher denn nur über den Holocaust spreschen? Holocaustforscher können auch über Sex spreschen, und Sexforscher können auch über den Holocaust spreschen. Wir sind Menschen. Menschen töten sisch. Menschen lieben sisch.

TOTILA: Du ziehst alles ins Lächerliche.

ZAZIE: Non, pas du tout. Isch bin eine schwertraumatisierte Persönlischkeit. Isch bin extrem gestört. Man merkt es vielleischt nischt so.

Toto enthält sich eines Kommentars, was ihm sichtlich schwer fällt.

ZAZIE: Aber das Schicksal von meine Familie, es prägt

misch sehr. Und deshalb isch verstehe nischt, wieso isch jetzt nachts aufwache und disch nackt sehe. Es beunruhigt misch und isch denke, dass isch vielleischt pervers bin. Und wenn es dir nischt so geht, wenn du misch also gar nischt nackt siehst, dann komme isch mir noch perverser vor.

Ihr treten Tränen in die Augen. Toto beginnt, langsam seine Unterlagen und die Aktenordner einzupacken. Er will gehen.

Die Kellnerin kommt, in der Hand ein Tablett mit den Getränken balancierend.

KELLNERIN (munter): So, die Herrschaften. Zweimal Köstritzer.

ZAZIE (weinend): Bitte nehmen Sie es mit. Isch kann jetzt keine Bier.

KELLNERIN: Aber Sie haben doch Bier bestellt, oder?

ZAZIE: Sie haben nischt gesagt, dass es eine deutsche Bier ist. Isch trinke grundsätzlisch keine Bier aus dem Land der Mörder und Arschlöscher.

KELLNERIN: Sehr wohl, wir haben auch Chinabier. Tsingtau.

Zazie sitzt völlig zerstört vor Toto. Er seufzt, hört auf, seine Unterlagen einzupacken, und wendet sich ergeben an die Kellnerin.

TOTILA: Nein, wir … wir nehmen einen Reisschnaps.

KELLNERIN: Reisschnaps, sehr wohl.

ZAZIE: Für misch bitte ein Wasser.

Die Kellnerin nickt genervt, nimmt die beiden Biergläser wieder mit. Toto sieht sich im Restaurant um, mustert all die langweiligen, spießigen, satten Gesichter.

TOTILA (leise, ohne sie anzusehen): Ja, ich … ich habe auch körperliche Vorstellungen.

Zazie schnieft, er reicht ihr ein Taschentuch.

ZAZIE: Escht?

TOTILA: Mhm.

ZAZIE: Sagst du das auch nischt nur so, damit isch aufhöre mit dem Weinen?

TOTILA: Nein, ich sehe Sie … dich auch … manchmal …

ZAZIE: Nackt?

TOTILA: Auch, ja.

ZAZIE: Ach, das beruhigt misch sehr.

TOTILA: Ja.

ZAZIE: Das ist endlisch mal von dir eine ganz normale Reaktion.

TOTILA: Na ja, ich weiß nicht.

ZAZIE: Zeig mir doch mal ein Foto von deinem Opa.

TOTILA: Ach, die Fotos, die habe ich vergessen. Scheiße.

75. Vor Haus Blumen. Außen. Nacht.

Ein Auto hält vor dem Haus von Toto mit quietschenden Reifen. Hannah springt aus dem Wagen, ihre Tasche hat sie umgehängt. Sie wirkt aufgebracht.

MANN (off-screen): Dann fick dich doch, du blöde Schlampe!

Das Beifahrerfenster surrt herunter, und ein Stofffetzen wird herausgeschleudert. Der Wagen fährt los.

Hannah hebt den Stofffetzen auf. Sie stapft auf ihr Haus zu, merkt, dass es erleuchtet ist.

76. Haus Blumen, Wohnzimmer. Innen. Nacht.

Hannah betritt das Wohnzimmer. Auf dem runden Esstisch schläft Mops Gandhi. Sie schleudert ihre Tasche und den Stofffetzen auf den Tisch, so dass Gandhi von der Tischplatte springt. Sie bleibt am Tisch stehen, blickt geradeaus aus dem Fenster, atmet schwer. Sie ist mitgenommen, kämpft um ihre Contenance.

Sie blickt zur Seite. Auf der runden Kamincouch scheinen Toto und Zazie schlafend ineinandergesunken zu sein. Hannah sieht nur ihre Hinterköpfe.

HANNAH: Wer ist das denn?

Zazie wacht auf, dreht sich schlaftrunken um.

ZAZIE: Bonsoir.

Auch Toto kommt zu sich. Hannah starrt auf die fremde Frau, fixiert dann ihren Mann.

HANNAH: Sag mal, Toto, ist das die mit der Farbe?

ZAZIE (stellt sich vor): Zazie. Zazie Lindeau.

TOTILA: Wir haben nur ein paar Fotos angeguckt.

Er hebt ihr ein Fotoalbum entgegen. Hannah geht ein paar Schritte auf ihn zu, kniet nieder und sieht sich die Fotos an, die überall hinter Toto auf dem Boden liegen. Sie hebt eines der Fotos auf. Währenddessen kommt Sarah zu sich, die in der Verdeckung des Sofas ebenfalls eingeschlafen war.

HANNAH: Ich seh schon. Fotos vom Massenmord in

Lettland sind genau das Richtige für meine Tochter nachts um halb drei! Sarah! Ab ins Bett!

SARAH: Mann!

Sarah erhebt sich genervt, schnappt sich ihr Kuscheltier.

HANNAH (zu Sarah): Na los! (Zu Toto) Sag mal, Toto, du kannst das Kind nicht mitten in der Nacht hier rumspringen lassen. Morgen ist Schule!

Sarah schnappt ihr Kuscheltier und geht auf ihre Mutter zu.

ZAZIE: Es tut mir leid. Ich wollte sowieso los.

TOTILA (zu Hannah): Es geht um unsere Vergangenheit.

HANNAH: Unsere Vergangenheit?

TOTILA (berichtigt): Unsere. (Zeigt zu Zazie und sich selbst) Ihre und meine.

HANNAH: Ihr habt eine Vergangenheit?

TOTILA: Na ja, eine pränatale.

Hannah blickt nochmals auf die Fotos. Sie wird wütend.

HANNAH (zu Toto): Eine pränatale? Kannst du diese Traumascheiße nicht lassen? Kannst du nicht versuchen, mal hier zu leben? In diesem beknackten Moment? Ich habe es satt! Ich habe es so absolut satt! Vergangenheit ist das Letzte!

Sarah bleibt neben dem Esstisch stehen.

SARAH: Mami, man legt nicht seine Unterhose auf den Tisch.

Sarah beugt sich über den Esstisch und hält ihrer Mutter den Stofffetzen hin, den Hannah hat fallen lassen: Es ist ein dunkler Damenslip. Alle bemerken es.

Hannah greift ihn hastig, es ist ihr sehr peinlich.

HANNAH: Jetzt aber ab!

Sarah geht ab. Zazie wendet sich freundlich an Hannah.

ZAZIE (versucht, die Peinlichkeit zu überspielen): Das ist so super, dass wir uns mal kennenlernen.

Keine Reaktion.

TOTILA (zu Zazie): Wir sehen uns morgen am Flughafen.

Zazie nickt.

ZAZIE: Bien sûr. Au revoir. À demain.

Sie dreht sich um und geht.

77. Flugzeug, Passagierkabine. Innen. Tag.

Fluggäste betreten ein Flugzeug.

Unter ihnen befindet sich auch Toto, der seinen Platz sucht.

Zazie ist schon da, hat sich auf einen Sitz in der mittleren Reihe gesetzt, ganz nach außen. Sie liest in einem Buch.

Toto nickt ihr zu. Er richtet sich vor dem Start des Flugzeugs auf seinem Platz ein, einem Platz am Fenster. Ein Sitz am Gang ist zwischen ihm und Zazie frei.

Zazie verfolgt, wie Toto ein Fachbuch nach dem anderen aus einer großen Tasche zieht und auf den freien Platz neben sich legt: *Die Henker von Minsk; Die Henker von Kiew; Die Henker von Paris* und *Die Henker der Henker*.

Er greift sich eines der Bücher und schlägt es auf.

ZAZIE: Liest du auch mal was anderes?

TOTILA: Wie, was anderes?

ZAZIE: Außer über die Henker?

TOTILA: Über die Gehenkten natürlich auch alles.

ZAZIE: Isch meine, liest du nur Fachbüscher?

TOTILA: Du nicht?

ZAZIE: Es gibt doch auch schöne Sachen, die man lesen kann.

Toto blickt sie verblüfft an.

TOTILA (überlegt): *Das Tagebuch der Anne Frank*, das ist wirklich gut.

ZAZIE: *Die Kaiserin von Kalumina?*

TOTILA: Was ist das?

Sie zeigt ihm ihr Buch: *Deutsche Lyrik des 20. Jahrhunderts.*

TOTILA: Ein Gedicht?

ZAZIE: Mhm.

TOTILA: Deutsche Gedichte? Spinnst du?

Sie klappt das Buch zu, erhebt sich, kommt über den Gang zu ihm hinüber, wirft die Henkerbücher hinüber auf ihren Sitz und beugt sich zu ihm.

ZAZIE (rezitiert sehr leise): Die Kaiserin von Kalumina, die hatte blondes Haar ... Für alle ihre Soldaten war dieses Haar Gefahr ...

Schnitt zu ...

78. Flugzeug, Passagierkabine. Innen. Tag.

... einem späteren Moment, zu dem das Flugzeug bereits in der Luft fliegt. Toto kommt von der Toilette zurück. Zazie hat sich auf seinen Platz am Fenster gesetzt.

ZAZIE (Voice-over): ... Die Kaiserin von Kalumina, die

hatte Augen grün ... Wer sie einmal regieren sah, der musste mit ihr ziehn ...

Toto setzt sich zu ihr.

Schnitt zu ...

79. Flugzeug, Passagierkabine. Innen. Tag.

... dem Moment, da Zazie die Augen schließt und sich nach hinten lehnt, um ein Nickerchen zu halten. Toto blickt hinaus in die Wolken.

ZAZIE (Voice-over): Die Kaiserin von Kalumina, die hatt' ein Herz zu rot ... Gar manscher ihrer Soldaten brannt' sisch daran zu Tod.

Toto blickt zu ihr. Betrachtet sich ihr Gesicht, ihre letzten Spuren roter Farbe im Gesicht.

Schnitt zu ...

80. Flugzeug, Passagierkabine. Innen. Tag.

... Zazie, deren Kopf im Schlaf an Totos Schulter gesunken ist, die sie aus offenem Mund etwas vollspeichelt.

Toto hat das Lyrikbuch genommen und liest darin.

ZAZIE (Voice-over): Doch einmal, hu!, da kam ein Prinz, der Schwarze Prinz genannt, der nahm der stolzen Kaiserin das Haar, das Haus, das Land

Aus der Luft sieht man Wien.

81. Wien, Taxi auf Burgring. Innen. Tag.

Das Taxi fährt über den Burgring. Der kroatische Taxifahrer brummt leise einen Balkansong vor sich hin. Zazie betrachtet Heldenplatz und Hofburg, an denen sie vorbeifahren. Toto spricht in sein Handy:

> TOTILA: Nein, Mama, mir geht es gut (…) Nein, ich bin nicht der Sieghart, der Toto, genau. Du, die Sarah freut sich ganz arg auf dich (…) Genau, dann holen wir dich wieder. Du hast es da ja schön (…) Ich sagte, du hast es da ja schön (…) Genau, schön.

82. Wien, Altstadt, Haus Zweiselstein. Außen. Tag.

Zazie und Toto stehen vor einem Wiener Altbau, nicht weit vom Stephansdom. Toto drückt eine Klingel.
Eine Dienstbotin (55) öffnet ihnen.

> ZAZIE: Bonjour. Wir kommen von die Zentrale Stelle Ludwigsburg. Wir sind verabredet mit Herrn Zweiselstein.

Die Dienstbotin blickt die beiden Besucher an. Dann stürzt sie sich auf Toto und umarmt ihn mit einem Schluchzen. Unwillkürlich klopft Toto der Frau auf ihre fleischigen Schultern, völlig ratlos, was er ansonsten machen soll.

83. Ludwigsburg, Zentrale Stelle, Büro Thomas. Innen. Tag.

Balthasar sitzt in seinem Büro und greift zum Telefon.
Er wählt eine Nummer.

84. Wien, Altstadt, Haus Zweiselstein. Außen. Tag.

Zazie und Toto sitzen vor Zweiselsteins Haus.
Traurig blicken sie auf den Leichenwagen, in den ein Sarg geschoben wird.
Auf den Stufen des Eingangs sitzt die Dienstbotin und ist immer noch untröstlich.
Ein Handy klingelt. Zazie hebt ab.

ZAZIE: Oui, allô chéri. Hm?

Sie lauscht. Der Leichenwagen setzt sich in Bewegung.

ZAZIE: Nein, wir haben ihn noch nischt besucht. Ihm geht es nischt so süper. Isch sagte, ihm geht es nischt so super. Mhm, ja, wahrscheinlich Kopfschmerzen.

Toto blickt sie erstaunt an. Sie schaut weg, spricht weiter ins Handy.

ZAZIE: Ja, isch disch auch.

85. Wien, Altstadt. Außen. Tag.

Zazie und Toto spazieren über den Graben. Toto redet auf sie ein.

TOTILA: Wieso sagst du nicht die Wahrheit?

ZAZIE: Isch sage immer die Wahrheit. Nur vielleischt nischt sofort.

TOTILA: Zweiselstein ist tot.

ZAZIE: Isch bin ja auch, wie sagt man, supertraurisch?

TOTILA: Es ist hier nichts mehr zu tun. Wir müssen zurück.

ZAZIE: Unser Flug geht übermorgen. Was ist schlimm, wenn wir hierbleiben bis übermorgen?

Toto bleibt stehen.

TOTILA: Was willst du denn machen die ganze Zeit?

ZAZIE: Na ja, hier gibt es zwei süper jüdische Museen, eine Widerstandsausstellung und ein Dokumentationszentrum zur Euthanasie.

Toto starrt sie an.

TOTILA: Willst du mich verarschen?

Sie dreht sich um und eilt weiter. Toto hastet ihr hinterher.

TOTILA: Was ist?

ZAZIE: Du machst überhaupt keinen Spaß. Du bist so negativ!

TOTILA: Ich bin Holocaustforscher. Ich verdiene mein Geld damit, negativ zu sein. Was gibt mir das gottverdammte Recht, positiv zu sein?

ZAZIE: Isch.

86. Wien, Augartenpark. Außen. Tag.

BEGINN MONTAGE UND MONTAGEMUSIK:

Toto und Zazie sitzen auf einem Tandemfahrrad und radeln durch den Wiener Augartenpark. Zazie sitzt vorne am Lenker. Toto tritt mäßig begeistert hinter ihr in die Pedalen. Zazie fährt Schlangenlinien, was nur sie lustig findet.
Zazie biegt von der Allee ab. Sie fährt auf eine große Rasenfläche zu, hinter der man den runden Gefechtsbunker »Rüdiger« sieht.
Zazie will umkehren und den Turm meiden, aber Toto greift nach vorne und will zu dem Turm. Sie rangeln ein bisschen und fallen hin.
Nun sitzt Toto am Lenker und fährt auf den Gefechtsturm zu. Er bleibt vor einem grünen Sperrzaun stehen. Zazie blickt zur Seite.
Nicht weit entfernt betrachtet eine Gruppe deutscher Corpsstudenten (in kleiner Couleur, also mit Deckel und Band) andächtig den Weltkriegsbunker. Sie stellen sich in Formation auf. Einer von ihnen hat einen Säbel in der Hand. Ein anderer macht sich bereit, um seine Corpsbrüder zu fotografieren.
Das Tandem fährt mitten durch sie hindurch. Toto entreißt dem Mann seine Kamera. Zazie entreißt gleichzeitig dem Studenten seinen Säbel.
Toto und Zazie treten in die Pedalen, verfolgt von den Corpsstudenten. Zazie fotografiert blind nach hinten: Wir sehen Stills der kreischenden Männer.
Wir sehen aus der Vogelperspektive, wie Toto und Zazie

um den runden Gefechtsturm »Rüdiger« herumfahren und ihren Verfolgern entkommen …

87. Wien, Flakbunker Esterhazypark. Außen. Tag. Dämmerung.

FORTSETZUNG MONTAGE:

Zazie und Toto treten auf die Dachterrasse des ehemaligen Flakbunkers Esterhazypark, heute das HAUS DES MEERES.
Außer ihnen ist niemand sonst auf der Terrasse.
Zazie hat den erbeuteten Säbel dabei und ficht einen Luftkampf in der Mitte einer kreisrunden Plattform.
Toto fotografiert sie mit der gestohlenen Kamera.

ENDE MONTAGE UND MONTAGEMUSIK.

88. Wien, Restaurant. Innen. Nacht.

Toto und Zazie sitzen in einem uralten, typischen Wiener Wirtshaus. Es ist schon spät, es gibt nur noch wenige Gäste. Ein Pianist sitzt vor einem Klavier und klimpert alte Wiener Volkslieder. Toto fotografiert Zazie mit der gestohlenen Kamera.
Die Stimmung ist intim. Toto und Zazie sind einander zugewandt. Vor ihnen stehen mehrere Bierflaschen und Gläser. Der Korbschläger liegt vor ihnen auf dem Tisch. Zazie betrachtet die Klinge.

TOTILA: »Waffenschwein«.

ZAZIE: Waffenschwein?

TOTILA: Glück. Man wünscht sich »Waffenschwein« vor einer Mensur.

ZAZIE: Was ist eine Mensur?

TOTILA: Na ja, wenn man sich die Fresse poliert mit so was.

ZAZIE: Woher weißt du diesen ganzen Scheiß?

TOTILA: In meiner Familie waren auch alle in so einem Corps. In der Rigensia.

ZAZIE: Findest du nicht, du solltest jetzt aufhören mit dem Flirten?

Toto verschluckt sich fast vor Schreck.

TOTILA: Aber ich flirte gar nicht.

ZAZIE (leise): Und warum erklärst du mir dann, was eine Mensur ist?

TOTILA: Aber du wolltest doch wissen, was eine Mensur ist.

ZAZIE: Nein, ich habe nur irgendwas gesagt. Du sagst auch nur irgendwas.

TOTILA: Findest du?

ZAZIE: Gogglmoggl.

TOTILA: Was?

ZAZIE: Habt ihr auch Gogglmoggl gemacht früher?

TOTILA: Natürlich.

ZAZIE: Und Wodka?

TOTILA: Wodka!

ZAZIE: Sakuska? Ostern immer Pasqua?

TOTILA: Ja, genau. Russische Sachen.

ZAZIE: Siehst du, wir sagen nur irgendwas. Nascrowje.

TOTILA: Nasdrowje.

Sie leeren ihre Biergläser. Sie sind etwas beschwipst.

Ihr Gesicht ist seinem sehr nah. Sie reibt ihm etwas aus seinem Auge.

Er zuckt zurück.

TOTILA: Das ist alles sehr traurig.

ZAZIE: Ja, ein wenig traurig ist es schon.

TOTILA: Ja.

ZAZIE: Ja.

Sie streicht ihm über die Wange.

TOTILA: Okay. Und ich weiß gar nicht, wie man flirtet.

Sie blickt ihn ein paar Sekunden an. Nichts geschieht. Dann seufzt sie und steht auf.

ZAZIE (freundlich distanziert): D'accord. Dann fliegen wir eben morgen – wenn du ausgeschlafen und geträumt hast und mit deiner Frau telefoniert.

Sie will gehen. Er hält sie am Arm fest. Er ist plötzlich ernst.

TOTILA: Ich kann nicht küssen.

ZAZIE: Isch weiß.

TOTILA: Ich habe … Aids.

Zazie setzt sich wieder. Toto hat ihre volle Aufmerksamkeit.

TOTILA: Es gibt natürlich Medikamente und alles. Aber es ist, wie es ist. Du … du kannst dir das nicht vorstellen.

Sie mustert ihn aus verhangenen Augen.

ZAZIE: Isch habe auch Aids.

TOTILA: Wirklich?

Zazie nickt ruhig.

TOTILA: O Gott, das … das tut mir leid.

ZAZIE: Ja.

TOTILA: Das ist … das ist ja toll, dass du noch so Fahrrad fahren kannst mit Aids. Und prügeln.

ZAZIE: Ja.

TOTILA: Scheiße. Ich hab nämlich gar kein Aids.

Sie nickt.

ZAZIE: Isch habe auch kein Aids.

Toto kratzt sich am Kinn, wird immer nervöser. Sie nimmt einfach seine Hände in ihre Hände, um ihn zu beruhigen.

ZAZIE: Was ist los? Du kannst mir alles sagen.

TOTILA: Ich bin impotent.

ZAZIE: Kein Scheiß?

TOTILA: Nein.

ZAZIE: Verstehe.

TOTILA: Was?

ZAZIE: Avec ta femme.

Sie blickt zu dem Pianisten herüber.

ZAZIE: Und die kleine Sarah.

TOTILA (lässt ihre Hände los): Nein nein, ich war nicht immer … (Es fällt ihm schwer, das Wort auszusprechen) impotent. Ich meine, ich war früher sowieso ganz anders. Ich weiß nicht, was passiert ist. Und Hannah, na ja, als ich nicht mehr konnte, da habe ich sie gedrängt, mit anderen Männern Sex zu haben.

ZAZIE: Das ist sehr nett von dir.

TOTILA: Ja, ich suche die Männer auch mit aus. Da gibt es so Agenturen. Ich achte auf viel Körper und wenig Hirn. Damit sie sich nicht verliebt.

ZAZIE: Du hast sie gerne.

TOTILA: Ja, aber … Ich kann nicht mehr. Ich kann

nicht mehr. Und Hannah sagt, ich brauche einen anderen Beruf.

ZAZIE: Du brauchst ein anderes Leben.

TOTILA: Ist dasselbe.

ZAZIE: Warum kann man eigentlisch nischt küssen, wenn man impotent ist?

Sie küssen sich.

89. Wien, Restaurant. Innen. Nacht.

Zazie und Toto tanzen sehr langsam zu der Musik des Pianisten.
Das Licht ist heruntergedimmt.
Sie wirken selbstvergessen, berühren sich wie Ameisen, die mit Fühlern einander abtasten.

90. Wien, Hotelzimmer. Innen. Nacht.

Ein Hotelbett, von oben gesehen. Toto und Zazie liegen wie Löffelchen ineinandergeschmiegt. Sie haben ihre Straßenkleidung noch an. Zazie liegt hinter Toto, hat die Arme um ihn geschlungen. Sie streichelt ihn.

ZAZIE (flüstert): Vielleischt haben dein Opa und meine Omi auch so gelegen.

Wir schweben näher an das Paar und sehen, dass Toto die Augen geöffnet hat. Er starrt in eine Neonreklame.

TOTILA: Ja.

ZAZIE: Kanntest du ihn gut?

TOTILA: Ja, ich kannte ihn.

ZAZIE: Wie war er?

TOTILA: Lieb.

91. Wien, Altstadt. Außen. Morgen. Tag.

Sonnenaufgang über dem Stephansdom.

92. Wien, Hotelzimmer. Innen. Tag.

Toto wacht auf. Er ist immer noch angezogen. Die Sonne scheint in das Hotelzimmer. Er blinzelt und dreht sich um. Das Bett neben ihm ist leer. Verschlafen blickt er sich um.

TOTILA: Zazie?

Er hievt sich in die Höhe, steht auf, gähnt, kratzt sich, schlurft hinüber ins Bad …

93. Wien, Badezimmer Hotel. Innen. Tag.

Toto betritt das Badezimmer. Sein erster Blick fällt auf den blutverschmierten Spiegel. Sein Kopf fährt zur Seite. Zazie liegt angezogen in der mit Wasser gefüllten Badewanne. Das Wasser ist rot. Tiefe Schnitte an ihren Armen.

TOTILA: Zazie!

Er stürzt zu ihr. Sie ist bewusstlos. Ihre Arme sind mit Narben bedeckt, auch Teile des Rumpfes, sofern man die sehen

kann, da Zazie ihr T-Shirt anbehalten hat. Manche Narben sind alt, manche frisch verheilt, wie das Muster einer Tapete ist die Haut bedruckt. Neben der Wanne liegt eine ihrer Pillendosen. Sie ist leer.
Er zieht Zazie aus der Wanne, was sehr schwer ist.

TOTILA (beschwörend): Nicht gehen! Nicht gehen! Nicht gehen! Nicht gehen! Nicht gehen!

Er lässt sie auf den Boden sacken, rennt aus dem Bad. Wir sehen, wie sie atmet.
Im OFF hören wir Totos Stimme:

TOTILA: Schnell! Ein Notfall! Bitte ein Arzt! Bitte! Zimmer drei-fünf-fünf!

Er rennt ins Bad zurück, gibt ihr eine Ohrfeige, nimmt sie hoch, weinend, presst sie an sich, schleift sie heraus aus dem Bad.

94. Wien, Krankenhaus, Flur. Innen. Tag.

Später Nachmittag. Toto läuft nervös im Krankenhausflur auf und ab. Pfleger und Patienten huschen an ihm vorbei. Man schenkt einander keinerlei Beachtung.
In größerer Entfernung wird Zazie aus einer Tür geschoben. Sie sitzt in einem einfachen Krankenhausrollstuhl. Ein Pfleger fährt Zazie auf Toto zu und stellt sie wortlos neben ihm auf dem Flur ab. Sie ist sehr blass, mitgenommen. Sie trägt Krankenhauskleidung.
Sie blickt Toto nicht an, scheut seinen Blick.

95. Wien, Krankenhaus, Ambulanzbereich. Innen. Tag. – Außen. Tag.

Toto stützt Zazie, während sie langsam durch den Ambulanzflur schlurft. Es geht ihr schlecht. Über die Krankenhauskluft hat sie ihre Jacke gezogen.

Sie befinden sich im Erdgeschoss des Krankenhauses, es herrscht hektischer Krankenhausbetrieb. Aus Fahrstühlen werden an Betten geschnallte Patienten geschoben, von außen kommen ständig Notfälle herein. Pfleger und anderes Krankenhauspersonal huschen vorbei.

Zazie läuft auf eine Glastür zu, von der aus man nach draußen gehen kann.

TOTILA: Warum?

Sie zuckt die Achseln.

TOTILA: Du musst was sagen. So was macht man doch nicht einfach so (er schnippt mit den Fingern).

Sie widerspricht mit stummem Nicken.

TOTILA: Doch? Du hast so was schon mal versucht?

Sie zeigt ihm die fünf Finger ihrer Hand.

TOTILA: Fünf? Fünfmal?

ZAZIE (nickt): Isch habs dir gesagt. Extrem gestört.

TOTILA: Wenn man fünfmal versucht, sich umzubringen, muss es einen Grund geben, warum es nicht klappt.

ZAZIE: Irgendwann wird's schon klappen.

Sie bleibt gegenüber der Glastür stehen, hinter der man einen Krankenhaustransporter sieht. Neben der Tür wird von einem Pfleger eine alte Patientin in einem Krankenhausbett abgestellt. Zazie lässt sich auf einer Transportliege nieder, die an der Wand steht.

ZAZIE: Omi hat unseren Kuss gesehen …

Toto weiß nicht, ob er sich neben sie setzen soll.

ZAZIE: Und sie hat gesehen, dass isch es gerne tue.

TOTILA: Wir sind ja bescheuert.

ZAZIE: Isch hatte fast immer nur Sex mit Deutschen. Dabei sind die eine Katastrophe im Bett.

Toto setzt sich neben sie.

TOTILA: Wem sagst du das.

ZAZIE: Disch mein' isch nischt. Wir könnten bestimmt süper Sex haben.

Sie blickt ihn an. In ihren Augen schimmern Tränen.

ZAZIE: Isch bin völlisch meschugge. Völlisch meschuggene Jüdin.

TOTILA: Ja.

ZAZIE: Isch fahr auch wahnsinnisch gern Mercedes. Ist ein süper Auto.

Er blickt sie erstaunt an, sie kann sich gegen das Weinen nicht wehren.

ZAZIE: Bei meinem dritten Selbstmordversuch hab isch den Mercedes von meine Freund an einen Baum gefahren. Süper Airbags.

TOTILA: Weiß Balthasar, was los ist?

ZAZIE: Er kennt meinen Körper. Den kennt er aber gut.

Toto schweigt. Sie beißt sich auf die Lippen, während sie vom Schmerz geschüttelt wird.

ZAZIE: Isch lieb disch schon seit drei Jahren. Da hat Manfred von dir erzählt. Isch liebe deine Geschischte. Weil es meine Geschischte ist.

Sie macht eine Pause, versucht ein Lächeln, blickt ihn durch die Tränen an.

Das Handy klingelt in der Jackentasche Zazies. Die alte Patientin blickt herüber.

96. Gästewohnung Manfred, Schlafzimmer. Innen. Tag.

Balti liegt im Bett von Zazie. Er ist nackt und onaniert. Missmutig lauscht er dem Freizeichen seines Handys.
Er legt das Handy zur Seite, blickt sich um. Er sieht etwas, hebt es vom Boden auf: Es ist die Brille von Toto.
Balthasar ist irritiert. Er sieht sich im Zimmer seiner Geliebten um. Noch immer steht JETZT KANNST DU DIR EINEN RUNTERHOLEN auf dem Spiegel hinter dem Bett. Er steht auf, nähert sich dem Spiegel, betrachtet forschend die Wörter. Dann greift er hinüber zum Schreibtisch, greift zu dem Buch *Klassisches Gymnasium zu Riga*, auf dem ein gelber, handgeschriebener Klebezettel haftet. Er reißt den Klebezettel ab und hält ihn neben das »J« am Spiegel. Er vergleicht die Schriften. Sein Blick verdüstert sich.
Er schmeißt Totos Brille gegen den Spiegel.

97. Wien, Krankenhaus. Außen. Tag.

Toto hält Zazie im Arm, während sie vor das Krankenhaus treten. Alles Exaltierte ist von ihr abgefallen.
Sie beugt sich zur Seite, übergibt sich plötzlich in einen Blumenkübel.
Sie dreht sich um und trottet zurück Richtung Krankenhausgebäude.

TOTILA: Zazie.

Sie bleibt stehen.

TOTILA: Ich glaube, wir müssen eine Reise machen.

ZAZIE: Wir machen doch 'ne Reise.

TOTILA: Quatsch. Du weißt, was ich meine. Wir müssen nach Riga.

98. Riga International Airport. Außen. Tag.

Eine Maschine der Baltic Air landet auf einem Rollfeld und rast am Tower vorbei. Auf dem Tower ist ein großes Schild zu lesen: RIGA INTERNATIONAL AIRPORT.

99. Riga International Airport. Außen. Tag.

Zazie und Toto treten vor das Flughafengebäude. Sie nehmen sich ein Taxi.

100. Riga Innenstadt. Außen. Tag.

Taxifahrt durch Riga. Der Taxifahrer (50) ist ein Russe, dem Zähne fehlen. Eine fettige Frisur kringelt sich im Nacken zu einer Welle.
Zazie kurbelt das Rückfenster herunter und streckt ihren Kopf heraus. Ihr ist schlecht. Toto sitzt neben ihr und beobachtet sie. Beide sehen übernächtigt, zerschlagen, einfach furchtbar aus.

101. Riga, Schnellstraße/Verkehrsinsel. Außen. Tag.

Das Taxi braust auf eine Verkehrsinsel, die aus einer riesigen Rasenfläche und einem kümmerlichen Birkenhain besteht. Neben einer Birke bleibt der Wagen stehen. Zazie stürzt heraus, muss sich übergeben, stützt sich dabei an einem Birkenstamm ab. Toto geht ebenfalls hinaus, wartet hinter ihr und traut sich nicht, sie zu stützen.
Der russische Taxifahrer steigt währenddessen gemächlich aus, geht zum Kofferraum, klappt ihn auf, wirft das Gepäck der Fahrgäste hinaus, kehrt zum Taxi zurück, setzt sich hinein und fährt davon.
Toto rennt ihm brüllend, aber vergeblich, hinterher.

102. Riga, vor klassischem Gymnasium. Außen. Tag.

Toto und Zazie kommen in einer heruntergekommenen Gegend in der Moskauer Vorstadt an.
Sie stehen vor einer alten Schule, die inzwischen eine Ruine ist. Über dem alten Portal sieht man ein Schild mit der verblichenen Aufschrift: KLASSISCHES GYMNASIUM RIGA WEST.
Gegenüber dem Gebäude löst sich eine Gestalt aus einer dunklen Hofeinfahrt. Ein Rentner (72) kommt auf sie zu, begrüßt Toto mit einem Nicken. Die Einlösung einer Verabredung.
Zazie folgt den beiden Männern, die auf den Eingang der Schule zulaufen.
Der Rentner schließt die Tür auf.

103. Riga, Klassisches Gymnasium, Klassenzimmer. Innen. Tag.

Toto und Zazie betreten, geführt von dem Rentner, ein gläsernes Vestibül, das völlig heruntergekommen ist. Sie erreichen einen großen dunklen Flur, der schließlich in ein Klassenzimmer mündet. Alle Türen sind herausgerissen.
Das Klassenzimmer ist der Raum, der von den Schwarz-Weiß-Fotos vertraut ist, auf denen man die Abiturienten aus weit zurückliegenden Zeiten sah. Es ist immer noch so eingerichtet wie achtzig Jahre zuvor: kleine Bänke, Tische. Jede Menge Malerutensilien und Handwerkszeug stehen ebenfalls in diesem Raum.
Zazie geht durch die Bankreihen. Sie ist ergriffen und blass. Sie setzt sich auf den Platz, den einst auch ihre Großmutter Rebecca eingenommen hatte.
Toto folgt ihr. Er setzt sich auf den Platz seines Großvaters, direkt neben sie.
So bleiben sie nebeneinander sitzen und berühren sich nicht.

104. Riga, Holocaust-Gedenkstätte Bikernieki. Außen. Tag.

Toto und Zazie stehen nebeneinander und blicken auf die Massengräber. Es sind sehr viele Gräber: die Holocaust-Gedenkstätte Bikernieki, inmitten eines lichten Birkenwaldes gelegen.
Eine alte Lettin (68) nähert sich ihnen.

ALTE LETTIN: Do you need a guide? Führer? Guía?
Sie schütteln den Kopf.
ALTE LETTIN: Do you need Fanta, Cola, Sprite?
Keine Reaktion.
ALTE LETTIN: Do you need anything?
TOTILA: Yes, we need anything.

105. Altersheim, Park. Außen. Tag.

Balti geht durch den kleinen Park des Altersheims auf Lisbeth Blumen zu. Sie sitzt auf einer Parkbank. Er bleibt vor der alten Dame stehen, die ein paar Tauben füttert.
BALTHASAR: Guten Tag, Frau Blumen.
Lisbeth schaut auf.
BALTHASAR: Darf ich kurz mit Ihnen sprechen? Ich hätte ein paar Fragen. Mein Name ist Balthasar Thomas.
Lisbeth grinst verschmitzt.
LISBETH (lächelnd): Pustekuchen.
BALTHASAR: Bitte?
LISBETH: Du bist doch der Sieghart.
Er setzt sich neben sie und packt das Buch *Klassisches Gymnasium zu Riga* aus, um es ihr zu zeigen.
BALTHASAR: Nein, Frau Blumen, ich bin nicht der Sieghart. Aber wer ist denn dieser Sieghart, bitte schön?

114. Riga, Hotelzimmer. Innen. Nacht.

Im Hotel.
Toto steht in einem Glaserker und blickt hinaus auf die Straße, blickt nach oben.

TOTILA: Wenn es dieses ganze beschissene Jahrhundert nicht gegeben hätte!

Zazie tritt hinter ihn. Sie ist unbekleidet, hat nur noch ihre Unterwäsche an.

TOTILA: Unsere Familien würden hier immer noch wohnen. Wie die da drüben.

Er sieht hoch zu einem Balkon, auf dem eine junge Mutter ihren Säugling schaukelt und mit ihm über die Stadt blickt.
Zazie umfasst ihn von hinten, sieht, was er sieht.

ZAZIE: Komm doch zu mir.

Er dreht sich um, zögert.
Sie öffnet seinen Gürtel.
Dann zieht sie seine Hose aus.

TOTILA: Nein.

ZAZIE: Isch küss disch nischt.

107. Riga, Hotelzimmer. Innen. Nacht.

Toto und Zazie schlafen miteinander. Erst sehr vorsichtig und achtsam. Dann leidenschaftlich. Schamlos.

108. Riga, Hotelzimmer. Innen. Nacht.

Arm in Arm liegen die Liebenden. Toto und Zazie sind müde und gelöst.

ZAZIE: Du kannst ruhig schlafen.

Er schweigt.

ZAZIE: Isch hab keine Tabletten mehr.

TOTILA: Ja, und hier gibt's auch keine Badewanne.

ZAZIE: Und aufhängen mach isch nischt. Zu anstrengend.

Er nickt.

ZAZIE: Und springen bringt nischts. Erste Stock.

TOTILA: Dann schlaf ich schön.

Er wendet sich ihr zu. Sie küssen sich.

109. Riga International Airport, Dachcafé. Innen. Tag.

Toto und Zazie am Flughafen Riga. Sie haben sich auf dem Dachcafé niedergelassen. Sie sitzt am Ende einer langen Bankreihe, mit Blick auf das Rollfeld. Er liegt im rechten Winkel zu ihr auf einer Stuhlreihe, hat seinen Kopf auf ihren Schoß gebettet.

ZAZIE: Hast du das gehört?

Toto presst den Kopf an ihren Bauch.

TOTILA: Ja, irgendwas war da.

ZAZIE: Der Eisprung.

TOTILA: Bist du sicher?

ZAZIE: Ganz sischer der Eisprung.

TOTILA: Echt? Du bist schwanger?

Zazie nickt, wischt ihm zärtlich die Haare aus der Stirn.

ZAZIE: Wir kriegen ein kleines Baby.

TOTILA: Ja.

ZAZIE: Wir gehören zusammen. Das ist Schicksal. Da kann niemand was dagegen haben.

TOTILA: Nein.

ZAZIE: Das wird ein Mädschen.

TOTILA: Kalumina. Unsere Kaiserin Kalumina.

110. Haus Blumen, Haustür. Außen. Tag.

Auf der Straße vor dem Haus Blumen hat Sarah den Mops Gandhi in einen Rollstuhl gepackt und fährt ihn herum. Sie spielt »Krankentransport«. Sarah hat ein Arzt-/Tierarztkostüm an. Der Mops ist als Patient verkleidet, trägt eine Totenschädelmaske.
Toto kommt mit Koffer. Und großem Geschenk für Sarah (Gummikrokodil). Er gibt ihr das Geschenk.

111. Haus Blumen, Küche. Innen. Tag.

Toto kommt in die Küche. Hannah knetet einen Kuchenteig, ihre Hände sind teigverschmiert. Er geht zu ihr und gibt ihr einen Kuss, sie lächelt, er geht zum Kühlschrank, holt sich eine Flasche Wasser heraus.

HANNAH: Wie war's in Wien?

TOTILA: Ich muss dir was sagen, Hannah.

HANNAH: Ich muss dir auch was sagen.

TOTILA: Ich hab jemand kennengelernt.

Sie hört auf mit dem Teigkneten, ihr Blick ist leergefegt. Er geht weiter …

112. Haus Blumen, Schlafzimmer. Innen. Tag.

… und kommt in sein Schlafzimmer. Er öffnet seinen Koffer und kippt den Inhalt einfach aus. Dann packt er ihn mit frischer Wäsche, die er aus seinem Kleiderschrank holt. Hannah biegt langsam in das Zimmer.

HANNAH: Warum?

TOTILA: Warum? Was ist das für eine Frage?

Er trinkt einen Schluck aus der Flasche.

HANNAH: Ich meine wer?

TOTILA: Zazie.

HANNAH: Die Verrückte?

Toto schweigt.

HANNAH: Ich dachte, die ist zu dumm, um eins und eins zusammenzuzählen.

Toto schweigt.

HANNAH: Was willst du mit jemand, der sich mit Farbe übergießt?

TOTILA: Sie kriegt ein Kind von mir.

HANNAH: Niemand kann von dir ein Kind kriegen, Toto.

TOTILA: Wieso nicht?

HANNAH: Du bist unfruchtbar! Du bist impotent! Du hasst die Menschen!

TOTILA: Ich hasse nicht ALLE Menschen!

HANNAH: Du hasst ALLE Menschen, die du kennst.

TOTILA: Ich hör jetzt auf damit.

HANNAH: Du hattest Schuld-und-Sühne-Sex. Das ist alles, Toto!

Er greift schweigend den Koffer. Er verlässt das Schlafzimmer durch die offen stehende Verandatür und tritt in den Garten …

113. Haus Blumen, Wohnzimmer. Innen. Tag.

… Toto betritt den Garten, Hannah folgt ihm.

HANNAH: Wann ist es passiert?

TOTILA: Gestern.

HANNAH: Ich meine, seit wann ist sie schwanger?

TOTILA: Seit gestern.

Er betritt durch die offene Verandatür sein Wohnzimmer. Hannah bleibt im Garten zurück.

HANNAH: Du willst mir sagen, du hast gestern Sex gehabt. Ist es das?

TOTILA: Ich hab gestern Sex gehabt und habe eine Eizelle befruchtet. Wir haben es heute Morgen gehört.

HANNAH: Gehört?

Ein entsetztes Auflachen.

HANNAH: Gut, Liebster. Schön. Du … du … du bist durcheinander. Du bist aufgewühlt durch diese unerwartete Erektion. Wir kriegen das hin. Ich hab ja auch Sex gehabt, und ich will das nicht mehr. Das wollte ich dir sagen. Ich weiß, dass ich das nicht mehr will.

TOTILA (kühl): Genau wie ich.

HANNAH: Aber das ist völlig absurd. Ich will diese Ficks nicht mehr. Ich hasse das. Ich hasse diese Idioten. Ich will, dass wir wieder glücklich sind.

TOTILA: Und ich will dieses Kind.

114. Vor Haus Blumen. Außen. Tag.

Toto verlässt das Haus mit Koffer. Hannah hastet ihm hinterher.

HANNAH: Du kriegst kein Kind, Toto.

TOTILA: Ich werde Vater.

HANNAH: Das ist völlig unmöglich, dass man das hört. Sperma schreit nicht: Tor!, wenn's im Ziel ist! Ich kann das beurteilen. Ich bin Ärztin.

TOTILA: Du bist Tierärztin. Du kennst dich mit Möpsen aus!

HANNAH: Du kriegst kein Kind. Du willst vielleicht ein Kind kriegen. Aber warum kriegst du es dann nicht mit mir? Warum hast du mit mir kein Kind bekommen? In all den Jahren? Warum mussten wir ein Ersatzkind haben?

TOTILA: Bitte lass uns aufhören damit.

SARAH (off): Was ist ein Ersatzkind, Mami?

Hannah wirbelt herum und sieht, dass ihre Tochter im Arztkostüm vor der Haustür sitzt, neben ihr der Patient Gandhi.

HANNAH: Es tut mir leid. Geh rein, mein Sonnenschein. Geh rein. Papi und Mami streiten sich nur.

Sarah geht ins Haus.

TOTILA: Ich wollte wirklich nie, dass es dir schlechtgeht, Hannah.

HANNAH: Bitte, Liebster. Mach das nicht. Verlass uns nicht. Bring kein Unglück über uns alle.

115. Zentrale Stelle Ludwigsburg, Konferenzraum. Innen. Tag.

Der Konferenzraum ist überfüllt. Charlene Morgenrot, Bächle, Molewsky, Oglodu und die anderen Mitarbeiter des Lehrstuhls haben sich um den Konferenztisch gruppiert. Balti, mit zerzaustem Haar und Dreitagebart, sitzt wie immer am Kopfende. Tara Rubinstein thront, wieder gewappnet mit ihrer Sonnenbrille, in ihrem Rollstuhl. Magda steht hinter ihr.
Der bisher für den verstorbenen Manfred freigehaltene Stuhl ist besetzt. Hier hat sich Herr Mauersperger (44) niedergelassen, ein smartes Vorstandsmitglied von Daimler Benz.

MAUERSPERGER: Fünftausend.

BALTHASAR (peinlich berührt): Unser Sponsor, Herr Mauersperger (zeigt auf ihn) meint das nicht so konkret.

MAUERSPERGER: Eigentlich schon. Fünftausend Euro. Als Gratifikation für Ihren Kongressvortrag.

Balti ist es gar nicht recht, dass konkrete Zahlen im Raum stehen.

BALTHASAR: Der Minister würde sich vor allem freuen, wenn Sie erscheinen würden. Auch die Presse rechnet ja mit Ihnen.

Tara lächelt wie ein Alligator, der seine Beute fixiert.

TARA: Sie glauben, dass mein Erscheinen fünftausend Euro wert ist?

BALTHASAR: Unendlich viel mehr …

MAUERSPERGER: Und wenn Sie einen kleinen Mercedes-Stern tragen mögen an dem Tag, dann noch viel mehr.

TARA: Ach ja?

MAUERSPERGER: Zehntausend Euro.

TARA (ignoriert Mauersperger, redet mit Balti): Was zahlt er denn, der Sponsor, wenn es ein Judenstern ist?

BALTHASAR: Sehr guter Witz.

MAUERSPERGER: Ja, sehr gut.

Die beiden Männer strahlen etwas unsichere Heiterkeit aus.

TARA: Ich hätte wirklich nicht gedacht, dass ein von Steuergeldern finanziertes Institut zur Erforschung des deutschen Völkermords bereit und fähig ist, an meinen jüdischen Geschäftssinn zu appellieren. Noch dazu mit diesen Summen.

MAUERSPERGER: Reicht es Ihnen nicht?

TARA (zu ihrer Pflegerin): Ich glaube, wir sollten jetzt gehen, Magda.

MAUERSPERGER: Wissen Sie was, nennen Sie uns einfach Ihren Preis!

Die Tür geht auf. Zazie steht im Türrahmen. Da sie dort verharrt, die Hand an der Klinke lassend, wenden sich alle Blicke ihr zu.

ZAZIE: Balti, kann isch disch einen Moment sprechen?

BALTHASAR: Du, das geht jetzt superschlecht.

ZAZIE: Es ist dringend.

BALTHASAR: Siehst du nicht, was hier los ist?

ZAZIE: Isch kündige.

BALTHASAR: Gut, dann ... dann komm doch bitte später in mein Büro.

ZAZIE: Wenn isch schon mal hier bin, kündige isch hier. Und wer setzt da eigentlisch seinen Arsch auf den Platz von unsere arme Manfred?

Sie dreht sich um und geht.

MAUERSPERGER: Hab ich jemand den Platz weggenommen?

116. Zentrale Stelle Ludwigsburg, Archiv. Innen. Tag.

Zazie läuft durch das Archiv dem Ausgang zu. Jemand rennt ihr hinterher, holt sie ein, hält sie fest. Es ist Balti.

ZAZIE: Es ist aus.

BALTHASAR: Meinst du, ich weiß nicht, dass du mit diesem Idioten rumvögelst?

ZAZIE: Isch werde mit ihm alt.

BALTHASAR: Gut. Ich zeig dir jetzt, mit wem du da alt wirst. Wir machen einen Ausflug. Das ist das Einzige, worum ich dich bitte!

117. Vor Villa Manfred. Außen. Tag.

Toto betritt mit seinem Koffer das Grundstück von Manfreds Villa. Vor dem Haus steht ein großer Möbellaster. Einige Möbelpacker schleppen einen alten Kühlschrank aus dem defekten Eingang. Erstaunt betritt Toto das Haus.

118. Villa Manfred, Salon Manfred. Innen. Tag.

Toto geht zögernd in Manfreds Wohnung hinein. Sie ist schon zur Hälfte entrümpelt. Der Schmutz von Jahrzehnten, in all den Ritzen und verborgenen Ecken steckend, wird entblößt. Zwei Möbelpacker schultern sich einen Schrank auf. Etwas abseits steht ein Angestellter (48) und verzeichnet etwas auf einer Liste. Toto spricht ihn an.

TOTILA: Was wird das?

ANGESTELLTER: Wohnungsauflösung.

TOTILA (zeigt auf die gepackten Bücherkisten): Das ist eine sehr wertvolle Bibliothek. Bekommt die Uni.

ANGESTELLTER (schüttelt den Kopf): Uni zahlt zu wenig. Der Typ hier hatte Schulden ohne Ende. Das ganze Haus wird versteigert.

119. Landstraße, Mercedes-Transporter. Außen. Tag.

Balti sitzt am Steuer des Kastenwagens und brettert mit hoher Geschwindigkeit über eine Landstraße. Zazie sitzt neben ihm und schweigt. Am Horizont taucht die Silhouette eines Gefängnisses auf.

120. Gefängnisflur. Innen. Tag.

Balti und Zazie laufen über einen Gefängnisflur. Vor ihnen stapft ein Wärter (33) im Matrosengang.

121. Gefängnis, Besuchersaal. Innen. Tag.

Der Wärter schließt eine Tür auf. Zazie und Balti kommen in einen Besuchersaal. Mehrere Tische, die alle frei sind. An einem Tisch sitzt bereits ein Häftling (53): breitschultrig, mit NS-Tätowierungen am ganzen Körper, glatzköpfig.

BALTHASAR: Guten Tag. (Zu Zazie) Setz dich bitte.

Zazie setzt sich dem Häftling gegenüber, sehr verwirrt.

BALTHASAR (zum Häftling): Danke, dass Sie sich die Zeit nehmen. Das ist Zazie Lindeau.

Der Häftling zeigt keine Regung. Balti wendet sich an Zazie.

BALTHASAR: Und das ist Sieghart Blumen.

Zazie erstarrt. Balti zieht ein Buch aus seiner Aktentasche. Es ist ein Buch von Toto: *Die deutsche Ordnungspolizei und der Holocaust im Baltikum 1941.*

BALTHASAR: Sie kennen diesen Mann?

Er dreht das Buch um. Auf der Rückseite sieht man ein Porträtfoto von Toto. Sieghart wirft nur einen kurzen Blick drauf.

SIEGHART: Das ist mein Bruder.

BALTHASAR: Haben Sie Kontakt zu Ihrem Bruder?

SIEGHART: Haben Sie das Geld überwiesen?

BALTHASAR: Alles erledigt.

SIEGHART: Nein, ich habe keinen Kontakt.

BALTHASAR: Warum nicht?

SIEGHART: Die größte Sau im ganzen Land, das ist und bleibt der Denunziant.

BALTHASAR: Können Sie uns sagen, was Ihr Bruder getan hat, als er noch … als er noch kein Denunziant war?

Sieghart beugt sich vor und blickt Zazie provozierend an.

SIEGHART (zischt): Toto konnte Juden riechen. Konnte auf zehn Meter Juden riechen.

Er rümpft die Nase.

122. Vor Gefängnis. Außen. Tag.

Vor dem Gefängnis. Zazie läuft auf den parkenden Kastenwagen zu. Sie ist aufgebracht. Balti folgt ihr. Kurz bevor sie das Fahrzeug erreichen, dreht sich Zazie wutentbrannt zu Balti um.

Sie tritt ihm ansatzlos mit einem professionellen Jiu-Jitsu-Tritt an den Kopf. Er geht zu Boden, fällt in den Staub, der leicht aufwölkt.

An der Pforte stehen zwei uniformierte Gefängniswärter und blicken herüber. Balti wirkt benommen, winkt ihnen aber zu, auf dem Bauch liegend.

BALTHASAR (krächzt): Alles roger. Kein Problem.

Er versucht sich aufzurappeln.

ZAZIE (schreit): Was war das für eine beschissene Vorführung?

BALTHASAR: Ich werde mich von meiner Frau trennen. Ich gebe mein Leben auf für dich, und du lässt dir den Kopf von einem Nazi verdrehen?

Sie schlägt ihn erneut.

BALTHASAR: Ich liebe dich.

Sie tritt ihm in den Magen. Fängt während des Tretens an zu weinen.

BALTHASAR (weinend): Ich liebe dich. Ich liebe dich.

Sie sinkt weinend über ihm zusammen.

Die Gefängniswärter schauen immer noch herüber.

123. Vor Villa Manfred. Außen. Tag.

Toto wartet vor dem Hintereingang von Manfreds Villa. Er sitzt auf den Treppenstufen der verfallenen Terrasse.

Er blickt zu einer großen Kröte, die sich über die Treppenbalustrade nach oben arbeitet.

Zazie steht plötzlich, wie aus dem Nichts kommend, hinter ihm. Er spürt sie, blickt sich zu ihr um.

TOTILA: Ich habe dich gar nicht gehört.

Zazie fixiert ihn.

ZAZIE (leise): Hast du mich gerochen?

Sie macht das Naserümpfen von Sieghart nach. Toto versteht die Anspielung nicht, glaubt, sie mache einen Scherz, erhebt sich.

TOTILA (lächelnd): Ach, du riechst wunderbar. Ich muffel vielleicht etwas. War nicht leicht mit Hannah.

Zazie starrt ihn an. Er ist zu gut gelaunt, um ihre mit Sanftheit getarnte Verzweiflung zu bemerken.

TOTILA: Ich freu mich so. Ich freu mich so, dass wir wegfahren.

Zazie blickt zur Seite, will nicht, dass er ihre Augen sieht. Sie bemerkt das leerstehende Haus.

ZAZIE: Was ist hier los?

TOTILA: Sie haben Manfreds Haus ausgeräumt. Alle Möbel, alle Bücher. Alles futsch.

ZAZIE: Alles futsch, ja.

In ihren Augen sind Tränen. Toto missversteht es.

TOTILA: Ja, traurig. Ein paar Fotos hängen da noch von dir und Manfred in Yad Vashem. Wir sollten die mitnehmen. Und dann ganz schnell wegfahren.

ZAZIE: Häftlingsnummer vier-eins-acht-sieben. Sagt dir was, oder?

Toto schweigt schockiert. Sie wartet, dass er etwas sagt, aber er sagt nichts. Schließlich nickt er.

Sie dreht sich um und geht in den Wintergarten hinein.

124. Villa Manfred, Flur und Arbeitszimmer. Innen. Tag.

Toto betritt die Wohnung durch den offenen Hintereingang. Er kommt durch den Wintergarten, sieht die vollkommen ausgeräumte Wohnung von Manfred. Er tritt in den Salon und geht weiter …

125. Villa Manfred, Arbeitszimmer Manfred plus restliche Wohnung. Innen. Tag.

… ins Arbeitszimmer. Auch hier sind alle Möbel verschwunden. Nur die Fotos an den Wänden wurden hängen gelassen, Dutzende von Fotos. Toto sieht, dass Zazie die Fotos in Manfreds Arbeitsnische eines nach dem anderen abhängt und in ihren offenen Koffer legt.

TOTILA (leise): Du warst im Gefängnis?

Sie wendet sich von ihm ab, dreht ihm den Rücken zu.

TOTILA: Hast du … meinen Bruder angerufen?

ZAZIE: Du hättest mir alles sagen müssen.

TOTILA: Was hat er gesagt?

Sie schweigt, lässt die Arme hängen.

TOTILA (flüsternd): Was hat er dir gesagt? Er ist ein bösartiges Arschloch.

Er versucht sie anzufassen. Sie wirbelt herum.

ZAZIE: Nein! Du bist ein Arschloch! Du bist mehr als ein Arschloch! Ich steige in kein Flugzeug mit dir!

Sie geht auf ihn los, schlägt auf ihn ein.

TOTILA: Ich habe nichts getan!

ZAZIE: Du hast nichts getan? Das haben die SS-Ärsche auch gesagt: Ich habe nichts getan!

TOTILA: Ich bin kein Nazi, ich bin kein Nazi!

ZAZIE: Wer bist du? Wer bist du? Wer bist du nur?

Sie bleibt in der Türlaibung stehen, direkt am Vorhang.

TOTILA: Ich war sehr jung, Zazie. Und ich habe meinen Großvater geliebt. Ich habe meinen Bruder geliebt. Und wen man liebt, dem glaubt man.

ZAZIE: Wer weiß davon?

TOTILA: Niemand.

ZAZIE: Und deine Frau?

TOTILA: Sie kennt meine Familie nicht. Nur meine demente Mutter. Hannah kommt aus Bambiland. Nicht aus der Hölle.

Er will auf sie zugehen.

ZAZIE (schaut ihn direkt an): Hast du jemand geschlagen? Hast du Juden oder Schwule oder … Schwarze …?

TOTILA (schüttelt den Kopf): Ich … ich war nie … ich war nie anders als jetzt. Und mit siebzehn bin ich da raus.

ZAZIE: Erst?

TOTILA: Was glaubst du denn, wie das ist in einer Nazifamilie? Glaubst du, das ist easy? Mein ganzes Leben laufe ich jetzt diesem Scheiß hinterher. Ich repariere und repariere, und es wird immer schlimmer.

ZAZIE: Ja, Mann. Bambiland ist abgebrannt.

Aufgelöst dreht sie sich weg, wankt hinüber in den Salon, bleibt in der Mitte stehen.

Toto folgt ihr, bleibt hinter ihr stehen. Sie weint.

Er umarmt sie von hinten. Sie greift seine Arme.

TOTILA: Ich brauche dich.

ZAZIE: Du brauchst mich nicht.

TOTILA: Wir sind verbunden durch alles.

Fast glaubt man, sie würde sich umentscheiden. Dann küsst sie ihn traurig.

ZAZIE: Au revoir.

TOTILA: Bitte nicht.

Sie macht sich von ihm los.

ZAZIE: Balti wird disch fertischmachen. Es wird disch

kosten deine Karriere, dein Beruf, deine ganze Leben, wenn das rauskommt.

Entschlossen stapft sie zurück ins Arbeitszimmer. Er rennt ihr hinterher.

TOTILA: Jetzt kommt es ja raus. Jetzt kommt es raus.

Sie eilt zu ihrem Koffer, klappt ihn zu.

ZAZIE: Er wird misch heiraten. Und dann passiert dir gar nix.

TOTILA: Du willst diesen Kretin heiraten? Er ist doch verheiratet.

ZAZIE: Ja, unglücklisch. Isch nehm ihn mir einfach. Das ist schlescht für seine Frau, gut für ihn, süper für disch, und mir ist es egal.

TOTILA: Du liebst ihn nicht.

Sie zwängt sich an ihm vorbei.

ZAZIE: Wer liebt schon irgendjemand anderen? Isch liebe wenigstens misch. Das musst du noch lernen.

TOTILA: Und unser Baby?

Sie bleibt stehen, immer aufgebrachter werdend.

ZAZIE: Ja, vielleischt wär's ja so was geworden.

Sie greift hinüber zu dem Foto, das Adolf Hitler als Säugling zeigt, und zupft es von der Wand, streckt es ihm entgegen.

ZAZIE: Ich finde immer noch, dass es süß aussieht. Irgendwie traurisch und ernst und süß.

Sie lässt das Foto auf den Boden fallen. Der Glasrahmen zerspringt.

TOTILA: Was machst du mit dem Kind, wenn du Balthasar heiratest?

ZAZIE: Wir kriegen kein Kind, Mann. Das war Romantik. Das war Oh, là, là. Du glaubst doch nischt, dass isch meine Eisprung höre? Oder glaubst du das?

Sie blickt ihn an und erkennt: Ja, er glaubt das.

TOTILA: Bitte geh nicht. Bitte geh nicht.

Sie dreht sich um und rauscht davon.

An der Eingangstür fängt Toto sie ab.

TOTILA: Bitte nicht.

ZAZIE: Und isch finde immer noch, du bist eine Granate im Bett!

Sie eilt hinaus.

ZAZIE: Hab ein schönes Leben.

Sie eilt davon, schmeißt die Tür zu.

126. Villa Manfred, Salon. Innen. Außen. Tag.

Toto steht am Fenster und blickt Zazie verzweifelt nach. Sie entschwindet, ohne sich ein einziges mal nach ihm umzudrehen, stapft durch den verwilderten Garten davon.
Er bricht zusammen.

127. Kongresshalle. Innen. Tag.

Kongresshalle Stuttgart.
Über dem Eingang ein großes Transparent:
XII. INTERNATIONALE HISTORIKERKONFERENZ STUTTGART
Ein riesiges Plakat von Tara Rubinstein als junger Hollywoodstar ist auf einer Plakatwand aufgezogen.

128. Kongresshalle. Innen. Tag.

Das Foyer der Kongresshalle.
Einige Besucher gehen in den Vortragssaal.

129. Kongresshalle, Seitenflügel. Innen. Tag.

Ein Pinsel tupft sehr alte Haut.
Tara sitzt in einem Sessel in einem Seitenfoyer. Eine Maskenbildnerin kümmert sich um sie. Tara lässt es sichtlich angewidert gewähren. Hinter ihr sitzt Magda.
Eine HOSTESS tritt zu ihr.

HOSTESS: Noch fünf Minuten.

Tara nickt. Die Maskenbildnerin geht.

TARA (zu Magda): Ein Tee, bitte.

Magda steht auf und verschwindet. Tara ist alleine.
Tara räuspert sich und repetiert leise ihren Text.

TARA (kaum hörbar): Meine sehr verehrten Damen und Herren.

Sie schließt die Augen, konzentriert sich.

TARA (kaum hörbar): Ich erlaube mir, dem Mentor und Spiritus Rector dieses Kongresses, Professor Manfred Norkus, ein paar Sätze ins Universum nachzuschicken.

130. Kongresshalle, Konzertsaal. Innen. Tag.

Tara steht mit geschlossenen Augen auf der Bühne des Konzertsaales. Links und rechts sind Banner mit ihrem Porträt und dem Schriftzug XII. INTERNATIONALE HISTORIKERKONFERENZ STUTTGART angebracht.

TARA: Meine sehr verehrten Damen und Herren.

Sie schließt die Augen, konzentriert sich.

TARA: Ich erlaube mir, dem Mentor und Spiritus Rector dieses Kongresses, Professor Manfred Norkus, ein paar Sätze ins Universum nachzuschicken.

Tara macht eine kurze Pause, ihr Gesicht wird von Erinnerungen überflutet.

TARA: Manfred war das sanfteste Schaf, das ich je gekannt habe. Ich glaube, ich wäre auch sehr gerne ein Schaf gewesen.

Gelächter aus dem Publikum. Das Auditorium ist voll besetzt.

TARA: Grasen ist so viel schöner als Fleischfressen.

Ihre Stimme wird ernst.

TARA: Unzählige Liebhaber. Große Autos. Der Champagner floss. Und doch nur ein Insekt in Auschwitz.

Wir fahren langsam auf Tara zu. Sie möchte weitersprechen. Aber sie kann nicht, sie kann einfach nicht.

131. Broadway. Außen. Tag.

Bilder von New York City.

Hannah (43), Toto (45) und Sarah (13) fahren mit dem Taxi den Broadway herunter. Sarah ist inzwischen eine frühpubertierende Dreizehnjährige geworden. Toto ist an den Schläfen ergraut. Hannah sieht sehr gut aus, schmaler und strenger.

SARAH: Mom? I wanna buy this double bass pedal.

HANNAH: I don't know what that is, but I bet we could arrange it.

SARAH: Please now! It's so cool.

TOTILA (zu seiner Frau): Ich kann mit ihr zu Bloomingdale's. Dann kommen wir von dort zum Kino.

SARAH: Dad, it's so cool. Mami, please. It's Christmas.

HANNAH: No, tomorrow is Christmas. (Zum Taxifahrer) Could you just stop over there, please?

Der Taxifahrer steuert den Wagen an den Straßenrand.

HANNAH: Gut, Leute, lasst euch nicht ausrauben.

Das Taxi hält.

Toto gibt Hannah einen zärtlichen Kuss.

SARAH: It's disgusting, guys.

Sarah und ihr Vater steigen aus. Das Taxi fährt los, Hannah winkt. Ihr warmer Blick durch die Scheibe.

132. New York, Kaufhaus Bloomingdale's. Innen. Tag.

Toto und Sarah schlendern durch das Kaufhaus Bloomingdale's. Es herrscht Weihnachtstrubel.
Plötzlich wird Toto angesprochen.

STIMME ZAZIE (off): Toto?

Erstaunt blickt sich Toto um. Vor ihm steht, über und über mit Geschenktüten eingedeckt, Zazie, in dicker Daunenjacke, fast wie zum Skifahren angezogen.

ZAZIE: Oh, là, là, c'est pas possible!

TOTILA: Hallo, Zazie.

ZAZIE: Mon Dieu, ist das die kleine Sarah?

TOTILA: Nein, die kleine Sarah haben die Marsianer entführt und stattdessen dieses Alien hier abgesetzt.

Sarah verdreht genervt die Augen.

SARAH: Dad, it's not funny.

ZAZIE (zu Sarah): Isch kannte disch, isch weiß nischt, vor vier, fünf Jahren war das vielleischt …

TOTILA: Fünf.

ZAZIE: Schon so lange? Was machst du hier?

TOTILA: National Research Center for Integration.

ZAZIE: Süper. Holocaust?

TOTILA: Nein. Genocide Studies. Habe umgesattelt.

SARAH (angeödet): I'll be over there, dad.

Sarah trollt sich zu einem Modeshop.

ZAZIE: Genocide Studies? Ist das nischt dasselbe?

TOTILA: Nein, nein. Das sind Völkermord-Studien mit Schwerpunkt Kanada und USA. Indianer und so. Die wurden ja auch ausgerottet.

ZAZIE: Toll.

Eine Kinderstimme ist zu hören.

MAURICE (off): Maman!

Zazie dreht sich um.

ZAZIE: Viens, mon petit!

Sie breitet die Arme aus. Ein Vierjähriger mit blonden Haaren rennt in ihre Arme. Sie nimmt ihn hoch und redet weiter, als ob nichts wäre.

ZAZIE: Na ja, isch bin nur zu Besuch hier, mit mon amour. Isch bin jetzt auf andere Ufer. Lebe mit eine Frau zusammen. Inderin.

TOTILA: Inderin, cool.

ZAZIE: Süper Körper. Sprischt kein Wort Deutsch. Escht eine große Umstellung.

TOTILA: Klingt gut irgendwie.

ZAZIE: Ja. Bist du noch mit Hannah zusammen?

TOTILA: Ja, es ist … uns geht's gut.

ZAZIE: Süper. Und auch sonst alles in Ordnung? Du weißt schon?

Sie steckt ihren Daumen zwischen Zeige- und Mittelfinger.

TOTILA (etwas verlegen): Na ja, doch, schon. (Zeigt auf den Jungen, blickt ihn fragend an) Wie heißt er denn?

Zazie setzt das Kind ab.

ZAZIE: Maurice.

TOTILA: Maurice. Cool.

ZAZIE: Voilà.

TOTILA: Er ist drei oder vier?

ZAZIE: Genau. Ja, isch muss dann mal. Palitra hasst warten, obwohl Inder eigentlisch gerne warten. Das ist so süper herrlisch, dass wir uns begegnet sind.

TOTILA: Ja, finde ich auch.

Sie wissen nicht, ob sie sich umarmen sollen. Sie umarmen sich nicht.

ZAZIE: Na dann … Und merry Christmas.

TOTILA: Ja. Merry Christmas.

Sie dreht sich lächelnd weg. Er blickt Zazie und ihrem Kind nach, bis sie in der Menge verschwunden sind, aus der Sarah ihrem Vater entgegenkommt. Sie begegnet Zazie noch, die etwas zu ihrem Kind sagt. Sie hakt ihren Vater unter und zieht ihn fort.

SARAH: Jesus Christ, war die ätzend, die Frau. Das arme Mädchen.

TOTILA: Nein, Schatz, das war kein Mädchen, das war ein Junge. Heißt Maurice.

SARAH: Bullshit. Sie nannte sie Kalumina oder so.

Toto blickt sich um. Dann läuft er los. Wir hören nur noch seinen Atem und die Filmmusik.

Abblende.

ENDE

Nachwort des Regisseurs

Am Anfang gab es eine vage Idee: Opferenkel und Täterenkel reden miteinander, lachen miteinander, schlafen miteinander – und für eine sehr lange, flüchtige Sekunde wird alles gut.

Hoffnung hat mich also in diesen Film getrieben, die Hoffnung auf Heilung von Wunden, die die Geschichte uns geschlagen hat und die weiterschwären in den Biographien der Nachkommen.

Die Idee, über die Versehrten unserer deutschen Geschichte etwas zu erzählen, was gleichzeitig auch alte Muster des Gedenkens aufbricht, kam mir in den Archiven von Berlin, Koblenz, Warschau, Washington und natürlich auch Ludwigsburg (dem Ort des Filmgeschehens), in denen ich meine eigene Familiengeschichte über mehrere Jahre hinweg erforscht habe. Klar wurde mir dabei, dass etwas mir Wichtiges in vielen Filmen über den Nationalsozialismus fehlt: das Unbewältigte im Überbewältigten nämlich, das in den Familien immer noch Fortlebende, das Weggelogene und das Selbstgerechte, das Vergangene, das im offiziellen Erinnern nicht vergeht, in der familiären Aufarbeitung aber vom Hof gepeitscht wurde. Diesem Phänomen, davon bin ich überzeugt, kann man nur respektlos begegnen.

Deshalb sind *Die Blumen von gestern* auch eine Etüde in Leichtigkeit, nicht in Schwermut. Eine Ode an die Gestörten und ihre Störungen, keine Klage über die Verbrecher und ihre Verbrechen. Sehr wohl aber eine Komödie über Wunden und ihre Herkunft.

Wir leben in einer Zeit, in der man dem rechten Wahnsinn mit allen Mitteln die Stirn bieten muss, warum also nicht mit Mitteln anarchischer Fröhlichkeit – so wie es vor wenigen Jahren jener 90-jährige Holocaustüberlebende machte, der mit seinen Enkelkindern Auschwitz und Theresienstadt besuchte und sich mit seinem Handy beim Siegestanzen über dem Orkus filmte, in dem er einst ausgelöscht werden sollte. Glücklich das Leben feiern, das so schwierige und schmerzvolle, naiv auf Versöhnung hoffen, die Bekloppten in ihre Schranken weisen und politische Schönheit schaffen: Das kann so verkehrt nicht sein.

Mir war wichtig, mit diesem Film Fenster aufzureißen, und sei es, um Licht und Luft an ein Thema zu lassen, das mich seit Jahren herausfordert, das aber auch in übergroßem Gedenkverordnen die Dringlichkeit zu verlieren droht, die es nach wie vor hat.

Eines nämlich muss gesagt sein: Obwohl der Film manchmal einen bitteren Witz hat (weil seine Figuren manchmal einen bitteren Witz haben), wird der Holocaust darin niemals verharmlost, ein Menschheitsverbrechen, das den *Blumen von gestern* ihren tiefschwarzen Raum gibt, in den mit weißen Strichen die Menschen gepinselt werden, so wie ich sie eben empfinde: ängstlich, liebend, lächerlich, gemein, hoffend und ganz, ganz selten einmal vertrauend.

Und deshalb wollte ich, dass aus diesem Schwarz-Weiß etwas Buntes entsteht, denn immer, selbst in seinen grauenhaftesten Momenten, setzt sich das Leben aus allen Farben zusammen.

Darsteller

Totila Blumen	Lars Eidinger
Zazie Lindeau	Adèle Haenel
Balthasar Thomas	Jan Josef Liefers
Hannah Blumen	Hannah Herzsprung
Tara Rubinstein	Sigrid Marquardt
Sarah Blumen	Djenabu Jalloh
Lisbeth Blumen	Bibiana Zeller
Manfred Norkus	Rolf Hoppe
Anita Koldewey	Eva Löbau
Peter Bächle	Cornelius Schwalm
Charlene Morgenrot	Irene Rindje
Herr Mauersperger	Hans-Jochen Wagner
Sieghart Blumen	Gerdy Zint
Möbelpacker	Rüdiger Klink
Assistentin Frau Molowsky	Elda Sorra
Trucker (Wien)	Max Meyr
Magda	Heidi Baratta
Chinesische Kellnerin	Kim Pfeiffer
Dienstbotin Zweiselstein	Maria Breiner
Lover Hannah (Auto)	Aris Diamanti
Pizzafahrer	Imam Cagla
Sarah Blumen (New York)	Carla Njine
Trucker (Mannheim)	Wolfram Huber
Koch (Raststätte)	Oliver Jaksch
Maurice / Kalumina	Carlotta Elbel
Herr Oglodu	Roman-Marek Kaminski
Lover Hannah (Praxis)	Gordon Below
Body Double Hannah Herzsprung	Kerstin Below
Double Djenabu Jalloh	Safira Ugwu
Double Carlotta Elbel	Sandra Wendler
Stuntdouble Bibiana Zeller	Katja Köhler

Filmteam

Buch und Regie	Chris Kraus
Produzenten	Danny Krausz
	Kathrin Lemme
Koproduzenten	Chris Kraus
	Gerd Huber
	Kurt Stocker
Bildgestaltung	Sonja Rom
Szenenbild	Silke Buhr
Kostümbild	Gioia Raspé
Schnitt	Brigitta Tauchner
Casting	Nina Haun
Maskenbild	Heiko Schmidt
	Kerstin Gaecklein
Musik	Annette Focks
Originalton	André Zacher
Sounddesign	Philipp Mosser
	Reinhard Schweiger
Mischung	Bernhard Maisch
Redaktion	Martina Zöllner (SWR)
	Carolin Haasis (ARD-Degeto)
	Silke Schütze (NDR)
	Amke Ferlemann (BR)
	Liane Jessen (HR)
	Heinrich Mis (ORF)
Herstellungsleitung	Philip Evenkamp
	Manfred Fritsch
Produktionsleitung	Peter Hermann
Postproduction Supervisor	Dominik Bollen
	Michaela Berner
VFX Supervisor	Florian Dehmel
Oberbeleuchter	Benjamin Klein
B-Camera / Steadicam	Stefan Sosna
Regieassistenz	Andrea Kappeler
2. Regieassistenz	Barbara Kronenberg
	Lenka Šikulová
3. Regieassistenz	Lars Reinert
Script / Continuity	Ines Burger
Filmgeschäftsführung	Pauls Büro – Hanna Görgen
Produktionskoordination	Marie-Christine Ernst
Produktionsassistenz	Miriam Zacheiß
Produktionssekretariat	Franziska Klemm

1. Aufnahmeleitung	Matthias Ruppelt
Set-Aufnahmeleitung	Levke Palm
Set-Aufnahmeleitungsassistenz	Chris Cordes
Motiv-Aufnahmeleitung (Berlin)	Caroline Krtschmarsch
Motiv-Aufnahmeleitung (Baden-Württemberg)	Birgit Hettich
1. Kameraassistenz (A-Cam)	Anna Schenk
1. Kameraassistenz (B-Cam)	Gerhard Leitner
2. Kameraassistenz (A-Cam)	Nadine Reichert
2. Kameraassistenz (Baden-Württemberg)	Jochen Keller
Best Boy	Lukas Kern
Beleuchter	Arnold Graggaber Lawson Dada Olofemi
Kamerabühne	Stephan Ludescher
Szenenbildassistenz	Cosima Vellenzer
Set Decorator	Julia Roeske
Außenrequisite	Manfred Ebner
Innenrequisite	Michael »Mixi« Stegmüller Jana Druskovic
Set-Baubühne	Andi Henner
Kostümbildassistenz	Sibylle Adolph
Tonassistenz	Christian Moritz (1. Tonassist.) Stefan Salm (2. Tonassist.)
SFX	Nefzer Special Effects
Stunts	Rainer Werner Stunts
Service Produktion Riga	Film Angels Studio – Ivo Ceplevičs
Service Produktion New York	Schenk Productions, Inc.
Bildpostproduktion	Listo Vienna
1. Schnittassistenz / zusätzlicher Schnitt	Julia Dupuis
Schnittassistenz	Sabrina Joksimovic
VFX	Liga 01 Computerfilm
Musikberatung und Clearing	Charlotte Goltermann, David Weingärtner & musique couture
Musikberatung Klassik	Jan Tilman Schade

Originalsongs

»Quelqu'un m'a dit«
Interpret: Carla Bruni
Musik & Text: Carla Bruni (CA), Leos Carax (A)
© 2009 Editions et Productions FREE DEMO SVL:
Hanseatic Musikverlag GmbH & Co. KG
℗ 2013 Teorema – Universal Music Division Maison Barclay [FR]
Mit freundlicher Genehmigung von Universal Music International – a division of Universal Music GmbH

»Rigoletto – La donna è mobile«
Musik: Giuseppe Verdi
Text: Francesco Maria Piave
© Boosey & Hawkes Classical Library
Mit freundlicher Genehmigung von SONOTON Music, München

»Orango«
Interpret, Musik & Text: Mila Ecke Cantian
© 2016 Mila Ecke Cantian

»Grace«
Interpret: Miss Kittin
Produzent: Miss Kittin & Pascal Gabriel
Musik & Text: Caroline Herve (CA) /
Pascal Richard Marcel Gabriel (CA)
© 2007 Warner/Chappell Music Ltd. and
Neue Welt Musikverlag GmbH & Co. KG
℗ + © Nobody's Bizzness GmbH 2008.
Taken from the album »Batbox«.

»Despair«
Interpret, Musik & Text: Mila Ecke Cantian
© Sony ATV
© 2016 Mila Ecke Cantian

»Lightning Bolt Of Love«
Interpret & Musik: Terry Gadsden
© De Wolfe Music
Mit freundlicher Genehmigung der
EMI Production Music Germany

»The Big Easy«
Interpret & Musik: Hal Lindes
© KPM
Mit freundlicher Genehmigung der
EMI Production Music Germany

»Yukiho«
Interpret & Musik: Summer Fades Away
© 2012 1724 Records, Beijing

»Plum Bloss. Princess Shoyang«
Interpret: Yang Xiu-lan, Ouyang Qian
Musik: Shi Zhi-You
© 1999 Wind Music Publishing Corporation
℗ 1999 Wind Music International Corporation
Mit freundlicher Genehmigung von Wind Music &
Rendez-Vous Digital

»Happiness«
Interpret & Musik: Sofa Rockers
© 2016 Sofa Rockers

»Das Gebet einer Jungfrau«
Interpret: Jean Beers
Produzent: Jan Tilman Schade
Musik: Tekla Bądarzewska-Baranowska
Produziert in: GREVE-STUDIO, Volker Greve

»Edelweiß (Idylle) Op. 31«
Interpret: Jean Beers
Produzent: Jan Tilman Schade
Musik: Gustav Lange
Produziert in: GREVE-STUDIO, Volker Greve

»Santa Monica«
Interpret, Musik & Text: Mila Ecke Cantian
© 2016 Mila Ecke Cantian

»Silver Bells«
Interpret: Ella Fitzgerald und Bing Crosby
Mit The Kraft Music Hall Orchester,
dirigiert von John Scott Trotter.
Aufgenommen in NBC Studios, Los Angeles,
29. November 1950
Musik und Text: Ray Evans, Jay Livingston
© Famous Music LLC, Sony/ATV Harmony
Mit freundlicher Genehmigung von Sony/ATV Music Publishing
(Germany) GmbH
℗ One Media IP Ltd./HLC Properties Ltd.

»Angels We Have Heard On High«
Interpret: Concino Children's Choir
Arrangement: Donald Marrow
Musik & Text: Traditional
℗ Disk Eyes Music Productions
Unter Lizenz von Evolution Music Group

»Got To Let Go«
Interpret: Charlotte Gainsbourg
(feat. Charles Fink Of Noah & The Whale)
Musik & Text: Charles Fink
© Hangman Music Ltd./Universal Music Publishing Ltd.
Mit freundlicher Genehmigung der Universal Music Publishing GmbH
℗ 2011 Because Music
Mit freundlicher Genehmigung von
WARNER MUSIC Group Germany Holding GmbH.
A Warner Music Group Company

»Kaiserin Kalumina«
Gedicht aus »Kalumina – Der Roman eines Sommers«
Verfasser: Kadidja Wedekind
Verlag: Kirchheimverlag/Peter Kirchheim, (1933)
Mit freundlicher Genehmigung des Verlags

Eine Produktion der
DOR FILM-WEST
und der
FOUR MINUTES Filmproduktion

In Co-Produktion mit der DOR FILM

In Co-Produktion mit
SWR / ARD Degeto / NDR / BR / HR / ORF
(Film/Fernseh-Abkommen)

Gefördert von
MFG Baden-Württemberg
Medienboard Berlin-Brandenburg
Filmförderungsanstalt Deutscher Filmförderfonds

Österreichisches Filminstitut Filmfonds Wien
FISA – Filmstandort Austria

Unterstützt von
EURIMAGES

Bitte beachten Sie
auch die folgenden Seiten

Chris Kraus

Das kalte Blut

Roman

Das kalte Blut erzählt die Geschichte zweier deutschbaltischer Brüder im Strudel des 20. Jahrhunderts, ein Drama von Verrat und Selbstbetrug, das von Riga über Moskau, Berlin und München bis nach Tel Aviv führt.
Hub und Koja Solm sind einander in aufrichtiger Bruderliebe zugetan: strahlend-extrovertiert der Ältere, empfindsam der Jüngere. Koja möchte wie sein Vater als Künstler leben, doch politische Umbrüche und finanzielle Sorgen machen ihm einen Strich durch die Rechnung. Und so lässt sich Koja in den dreißiger Jahren von seinem großen Bruder Hub in die NS-Bewegung in Lettland und später in Berlin hineinziehen. Beiden Brüdern gemeinsam ist die leidenschaftliche Liebe für ihre Adoptivschwester Ev. Als sich herausstellt, dass Ev jüdische Wurzeln hat, kann Koja, inzwischen Obersturmführer der SS, sie vor der Vernichtung bewahren.
Nach dem Krieg und seiner Rückkehr aus sowjetischer Gefangenschaft muss sich Koja neu erfinden und verstrickt sich als Doppelagent immer mehr in Verrat und Lüge. Selbst Ev gegenüber, mit der er nach Israel zieht und die nur noch eines will: die reine Wahrheit über die Täter von damals zu Tage fördern.

»Chris Kraus ist ein besessener Erzähler.«
Martina Knoben/Süddeutsche Zeitung, München

Bernhard Schlink
im Diogenes Verlag

»Bernhard Schlink gehört zu den größten Begabungen der deutschen Gegenwartsliteratur. Er ist ein einfühlsamer, scharf beobachtender und überaus intelligenter Erzähler. Seine Prosa ist klar, präzise und von schöner Eleganz.«
Michael Kluger / Frankfurter Neue Presse

»Makellos-schlichte Prosa. Schlink ist ein Meister der deutschen Sprache.«
Eckhard Fuhr / Die Welt, Berlin

Selbs Justiz
Roman
Gemeinsam mit Walter Popp
Auch als Diogenes Hörbuch erschienen, gelesen von Hans Korte

Die gordische Schleife
Roman

Selbs Betrug
Roman

Der Vorleser
Roman
Auch als Diogenes Hörbuch erschienen, gelesen von Hans Korte

Liebesfluchten
Geschichten
Sämtliche Geschichten unter dem Titel *Liebesfluchten* auch als Diogenes Hörbuch erschienen, gelesen von Charles Brauer; außerdem die Geschichte *Seitensprung* als Diogenes Hörbuch, gelesen von Charles Brauer

Selbs Mord
Roman

Vergewisserungen
Über Politik, Recht, Schreiben und Glauben

Die Heimkehr
Roman
Auch als Diogenes Hörbuch erschienen, gelesen von Hans Korte

Vergangenheitsschuld
Beiträge zu einem deutschen Thema

Das Wochenende
Roman
Auch als Diogenes Hörbuch erschienen, gelesen von Hans Korte

Sommerlügen
Geschichten
Auch als Diogenes Hörbuch erschienen, gelesen von Hans Korte

Gedanken über das Schreiben
Heidelberger Poetikvorlesungen

Selb-Trilogie
Selbs Justiz · Selbs Betrug · Selbs Mord
Drei Bände im Schuber

Die Frau auf der Treppe
Roman
Auch als Diogenes Hörbuch erschienen, gelesen von Charles Brauer

Erkundungen
zu Geschichte, Moral, Recht und Glauben

John Irving im Diogenes Verlag

»Der literarische Großmeister.«
Brigitte, Hamburg

Das Hotel New Hampshire
Roman. Aus dem Amerikanischen von Hans Hermann

Laßt die Bären los!
Roman. Deutsch von Michael Walter

Eine Mittelgewichts-Ehe
Roman. Deutsch von Nikolaus Stingl

Gottes Werk und Teufels Beitrag
Roman. Deutsch von Thomas Lindquist

Die wilde Geschichte vom Wassertrinker
Roman. Deutsch von Edith Nerke und Jürgen Bauer

Owen Meany
Roman. Deutsch von Edith Nerke und Jürgen Bauer

Rettungsversuch für Piggy Sneed
Sechs Erzählungen und ein Essay. Deutsch von Dirk van Gunsteren

Zirkuskind
Roman. Deutsch von Irene Rumler

Die imaginäre Freundin
Vom Ringen und Schreiben. Deutsch von Irene Rumler

Witwe für ein Jahr
Roman. Deutsch von Irene Rumler

My Movie Business
Mein Leben, meine Romane, meine Filme. Mit zahlreichen Fotos aus dem Film *Gottes Werk und Teufels Beitrag*. Deutsch von Irene Rumler

Die vierte Hand
Roman. Deutsch von Nikolaus Stingl

Bis ich dich finde
Roman. Deutsch von Dirk van Gunsteren und Nikolaus Stingl
Auch als Diogenes Hörbuch erschienen, gelesen von Rufus Beck

Die Pension Grillparzer
Eine Bärengeschichte. Deutsch von Irene Rumler
Auch als Diogenes Hörbuch erschienen, gelesen von Klaus Löwitsch

Letzte Nacht in Twisted River
Roman. Deutsch von Hans M. Herzog

Garp und wie er die Welt sah
Roman. Deutsch von Jürgen Abel

In einer Person
Roman. Deutsch von Hans M. Herzog und Astrid Arz

Straße der Wunder
Roman. Deutsch von Hans M. Herzog

Außerdem erschienen:

Ein Geräusch, wie wenn einer versucht, kein Geräusch zu machen
Eine Geschichte von John Irving. Mit vielen Bildern von Tatjana Hauptmann. Deutsch von Irene Rumler

John Irving

My Movie Business

Mein Leben, meine Romane, meine Filme

Mit zahlreichen Fotos
aus dem Film
›Gottes Werk und Teufels Beitrag‹
Aus dem Amerikanischen von
Irene Rumler

John Irvings autobiographische Skizze über seine Erfahrungen mit dem Filmgeschäft schildert die verschlungenen Wege vom Roman *Gottes Werk und Teufels Beitrag* zum selbstgeschriebenen Drehbuch und zum unter Mitarbeit des Autors fertig abgedrehten Film. Es beschreibt den Werdegang vom Schriftsteller zum Drehbuchschreiber und schildert geglückte und mißglückte Adaptionen anderer Irving-Romane, von *Laßt die Bären los!* über *Das Hotel New Hampshire*, *Garp und wie er die Welt sah*, *Owen Meany* bis zu *Zirkuskind*.

In erster Linie aber ist *My Movie Business* die Geschichte von Irvings Figuren, ihren Vorbildern im wirklichen Leben, ihrer Entwicklung in der Phantasie des Autors, im Zuge der Niederschrift des Romans, des Drehbuchs und in der Zusammenarbeit mit den verschiedenen Regisseuren, Produzenten und Schauspielern, die alle die Romanvorlage durch ihre persönliche Brille sehen und darstellen. Dadurch bringt Irving das Kunststück fertig, uns die Handlung auf völlig neue Art und aus immer neuen Blickwinkeln zu erzählen, wie sie ist, wie sie auch hätte werden können – und schon sind wir gleichsam mitten in einem neuen Roman. Eine spannende ›Arbeits-Biographie‹ – Werkstattbericht und ein Stück lebendige, uneitle Autobiographie eines der größten amerikanischen Schriftsteller der Gegenwart in einem.

Doris Dörrie im Diogenes Verlag

»Es ist vollkommen gleichgültig, ob Sie Doris Dörrie in der Badewanne, im Intercity-Großraumwagen, im Lehnstuhl oder in der Straßenbahn lesen, nur: Lesen Sie sie!« *Deutschlandfunk, Köln*

»Heute streiten sich die Feuilletonisten, ob sie besser Bücher schreiben kann oder besser Filme dreht. Die Antwort ist einfach: Doris Dörrie kann beides.«
Deutschland, Bonn

Liebe, Schmerz und das ganze verdammte Zeug
Vier Geschichten
Daraus die Geschichte *Männer* auch als Diogenes Hörbuch erschienen, gelesen von Anna König

»Was wollen Sie von mir?«
Erzählungen. Mit Fotos von Helge Weindler

Der Mann meiner Träume
Erzählung
Auch als Diogenes Hörbuch erschienen, gelesen von Heike Makatsch

Für immer und ewig
Eine Art Reigen

Bin ich schön?
Erzählungen

Samsara
Erzählungen

Was machen wir jetzt?
Roman

Happy
Ein Drama

Das blaue Kleid
Roman

Mitten ins Herz
und andere Geschichten. Ausgewählt von Daniel Keel. Mit einem Nachwort der Autorin

Und was wird aus mir?
Roman
Auch als Diogenes Hörbuch erschienen, gelesen von Doris Dörrie

Kirschblüten – Hanami
Ein Filmbuch

Alles inklusive
Roman
Auch als Diogenes Hörbuch erschienen, gelesen von Maria Schrader, Petra Zieser, Maren Kroymann und Pierre Sanoussi-Bliss

Diebe und Vampire
Roman
Auch als Diogenes Hörbuch erschienen, gelesen von Doris Dörrie

Kinderbücher:

Mimi
Mit Bildern von Julia Kaergel

Mimi und Mozart
Mit Bildern von Julia Kaergel

Doris Dörrie

Kirschblüten

Hanami

Ein Filmbuch

Rudi und Trudi sind seit dreißig Jahren ein Paar. Als Trudi plötzlich stirbt, fliegt Rudi zu Sohn Karl nach Japan, um das zu sehen, was Trudi wichtig war und was sie zusammen nicht mehr erleben konnten: ihren Sohn in Japan, die legendäre japanische Kirschblüte, den Fujiyama und auch den Butoh-Tanz, der früher einmal Trudis Leidenschaft gewesen war.
Das Buch enthält Fotos aus dem Film mit der Kürzestversion der Geschichte in Untertiteln, das komplette Drehbuch und Hintergrundinfos von Doris Dörrie über den Dreh am Fujiyama, ihr Verhältnis zu Japan, den Butoh-Tanz und über Zen.

Der Film *Kirschblüten – Hanami* (2008) wurde mehrfach ausgezeichnet: Deutscher Filmpreis, Produzentenpreis des Bayerischen Filmpreises sowie Publikumspreis des Seattle International Film Festival.

»Die Lektüre dieses ›Filmbuchs‹ bereitet eine besondere Art von Lesevergnügen.«
Ruth Klüger / Die Welt, Berlin

»Vor allem hat Doris Dörrie den deutschen Beziehungsfilm von seinem unerträglich penetranten Lernprozess-Muff befreit und macht richtiges Kino. Das alleine ist schon eine Wohltat.«
Wolfram Knorr / Die Weltwoche, Zürich

Anthony McCarten
im Diogenes Verlag

»Anthony McCarten hat die unglaubliche Gabe, Geschichten so aufzuschreiben, dass es einem das Herz zerreißt, während man über seine Einfälle, Sprüche und seinen unbesiegbaren Humor lacht.«
Hamburger Abendblatt

»McCarten pflegt den satirischen Ton, ohne waschechte Satiren zu schreiben. Er ist, wie man so sagt, ein geborener Erzähler.« *Die Welt, Berlin*

»Anthony McCarten ist unter den literarischen Exporten aus Neuseeland einer der aufregendsten.«
International Herald Tribune, London

Superhero
Roman. Aus dem Englischen von Manfred Allié und Gabriele Kempf-Allié

Englischer Harem
Roman. Deutsch von Manfred Allié und Gabriele Kempf-Allié

Hand aufs Herz
Roman. Deutsch von Manfred Allié
Auch als Diogenes Hörbuch erschienen, gelesen von Rufus Beck

Liebe am Ende der Welt
Roman. Deutsch von Manfred Allié

Ganz normale Helden
Roman. Deutsch von Manfred Allié und Gabriele Kempf-Allié
Auch als Diogenes Hörbuch erschienen, gelesen von Rufus Beck und Jo Kern

funny girl
Roman. Deutsch von Manfred Allié und Gabriele Kempf-Allié
Auch als Diogenes Hörbuch erschienen, gelesen von Rufus Beck und Adriana Altaras